Je dédicace mon livre à toutes les jeunes filles, femmes
actuelles ou d'avant, en travaux ou ménopausées:
nous sommes toutes géniales,
le dire tout haut ne fera pas de mal!

Sessile

Présente

La Quinquattidude

Édition : BoD – Books on Demand,
12/14 rond-point des Champs-Élysées, 75008 Paris
Impression : BoD - Books on Demand, Norderstedt, Allemagne

9 782322 250851

ISBN : 9782322250851
Dépôt légal : Mai 2021

Préambule : la covida loca !

Avez- vous la QUINQUATTITUDE ?

Si vous êtes une femme de cinquante ans et que vous avez ouvert ce livre, alors j'opterais pour un OUI ! Cela prouve que vous avez de l'humour, et je le confirme, avoir cinquante ans et en rire, c'est bien la preuve que vous êtes QUINQUAGéniale !

Pour autant, il y a plusieurs conditions évidentes à remplir pour obtenir sa licence officielle de QUINQUATTITUDE !

Tout d'abord, si possible, avoir une famille de déjantés, c'est une base incontournable pour l'autodérision et la survie !

Ensuite, avoir assumé des jobs de dingue, c'est bien pour le développement de talents d'humour et d'ironie mordante !

Enfin, avoir réussi son contrôle technique des 150 000 bornes au compteur sera la dernière case à cocher et hop ! Vous aurez alors validé votre permis de tuer l'ennui, vous aurez atteint la QUINQUATTITUDE, la topissitude féminine !

A ce point crucial d'une vie de femme, il est fréquent que nous fassions notre bilan intérieur et que nous décidions, à partir de ce top 50, de vivre mieux, rire plus et nettoyer de nos vies ce qui nous pollue, car le temps n'est plus le même, il devient très précieux. Nous voulons rire de tout et de tout le monde, car nous nous sommes vues dans le miroir et sur les mammographies, il y a donc urgence à être méchantes pour rire !

Comme vous sans doute, à la moitié de ma vie (je suis toujours optimiste, car conservée dans l'alcool, comme les griottes), je prends rendez-vous pour mon contrôle technique interne : je vérifie tout de la tête aux petons, je passe au rayon tous les organes mous, et je me dis que, certes, je ne suis plus cotée à l'argus, mais je demeure une super occasion, une qui va durer, comme les japonaises, parce que les pièces d'origines ont été conçues avant l'invention de l'obsolescence programmée.

Pour ma part, c'est l'adolescence permanente qui a été programmée, me voilà ainsi sauvée par 1969, année lunaire, année érotique, bref, la meilleure des années pour naître dans ce monde de brutes. (Toutes les natives de 1969 comprendront, les autres, vous n'êtes pas mal non plus, don't worry !).

Cinquante ans, pour une femme, dans un pays moderne (ou presque), surtout juste avant le mois de mars 2020, ça peut être la fête : une soirée au restaurant à manger fin et boire du bon, puisqu'à cet âge-là, on apprécie les bonnes choses, comme un St Joseph et son inséparable St Marcellin, puis rentrer tard et se regarder une énième fois le coffret ALIEN, sur son canapé, pelotonnée dans sa polaire rouge pendant qu'il pleut dehors, et que les kids sont chez leur père, gentils petits qui nous régalent de leur douce absence silencieuse et feutrée en guise de cadeau d'anniversaire.

Rapide flash-back sur notre film perso, des questions, beaucoup déjà résolues, des envies, beaucoup déjà assouvies, et quelque chose de fort qui nous saisit : pour celles qui, comme moi, ne l'avait pas réalisé avant, se fait soudain ressentir une impérieuse nécessité d'être soi et de ne faire que ce qui nous plaît avec qui nous plaira !

C'est ce que les hommes dont on a divorcé, et les « copains/copines » parasites qu'on a jetés appellent notre « crise de la cinquantaine », vexés de ne plus faire partie de votre vie et de ne plus jamais manger notre super tartiflette !

Moi, je n'ai pas fait de grosse crise, j'étais comme ça déjà avant, je suis tombée dans la marmite de « je ne m'ennuie jamais, accrochez-vous ! » quand j'étais petite, atavisme familial oblige.

Pour autant, j'avais senti depuis quelques années qu'un tsunami se profilait, celui de la QUINQUATTITUDE : j'assumais déjà avant mon humour noir et mon caractère, de ne pas faire noël avec des gens que je n'aimais pas, de ne pas faire la bise à des gens que je n'aimais pas, de ne pas payer à boire à des gens que je n'aimais pas (touche pas à mon ST JO !) ou de ne pas dire « oui » à des gens que je n'aimais pas, sous prétexte qu'ils étaient, dans le désordre, mes collègues, ma famille, ou des « amis » étrangement disponibles pour les apéros et les margarita frozen mais qui, bizarrement, pour les déménagements, étaient toujours déjà pris : « Désolé, j'ai piscine !».

Mais avec mes cinquante ans révolus, cette fois, c'était officiel, il s'agissait bien du début du reste de ma vie, en commençant par l'année du NON aux connes et aux cons, et du « Yes, we can » à tout ce qui est bon !

Si certaines se demandent comment ce déclic s'opère en nous, pourquoi tout à coup nous rions de tout, nous profitons de chaque bon moment comme si c'était le dernier, finissant la dernière goutte de notre verre de spritz au coucher du soleil sur un balcon en ville comme si nous étions au bord de la plage de Rio de Janeiro, c'est sans doute qu'elles n'ont pas encore ressenti cette certitude qui nous saisit un beau matin d'être une survivante, après avoir perdu certains de nos proches du même âge, les cancers et autres AVC nous les ayant volés en même temps que le sentiment d'immortalité de nos vingt ans. Attention, ceci est la minute gaie de ma bafouille, profitez-en !

Sans doute également parce qu'en plein covid avec des étudiants qui se prennent pour Spiderman sans avoir vérifié la solidité de leur toile, on se sent chanceuse que nos enfants ne soient ni drogués, ni dépressifs, ni en échec scolaire ni « dys- » quelque chose, ni obèses et que notre troisième mari qui a 20 ans de moins que nous nous embrasse, (ah bah « il y a un temps pour prendre sur soi et un temps pour prendre ses aises, Thérèse » !), même quand on le secoue le dimanche matin pluvieux pour qu'il sorte les chiens et nous laisse faire notre grasse matinée jusqu'à ...13H00 !

Tous ces éléments nous procurent une sensation rassurante d'avoir finalement pris quelques bonnes décisions dans notre vie, parce qu'avec un job, un appart, des kids, un mari et surtout cette belle gonzesse qui nous reluque dans le miroir (après deux heures de maquillage, coiffage, relookage extrême of course), on est plutôt bien, tintin, n'est-il-pas ? (C'est nous, les filles, la belle gonzesse dans le miroir, hein ? Allez vérifier ! C'est bon ? Je peux continuer, merci).

Et là, en pleine zénitude montante, comme la lune et le niveau de kir framboise dans nos veines, alors que nous n'en sommes qu'aux prémices de l'aube du début notre nouvelle vie de super quinqua, crac ! C'est le drame !

Pile poil au moment où la porte vers le meilleur de notre vie s'entrouvre à peine, laissant entrevoir un coucher de soleil sur Maurice ou sur Genas, mais on s'en fout c'est beau c'est tout, l'inattendu interplanétaire sidéral sidérant si adhérent nous tombe sur le coin de la trombine : la pandémie covid 19 !

Cinquante ans d'aventures pour en arriver là ? C'est une blague ? On était pourtant presque peinarde, on allait vers du calme avant l'ephad, et on se prend ça dans les gencives alors qu'elles commencent à peine à se déchausser ? Ce n'est pas ce que j'appelle un cadeau d'anniversaire pour une cinquantenaire, nom d'une serviette nana !

Face à ce coup d'arrêt mondial aux rires, aux sorties, aux câlins et au fun spontané de la vie, et pour soutenir toutes mes congénères féminines et ceux qui les aiment dans cette longue épreuve cosmique, j'ai décidé de vous offrir du sourire pimenté de méchanceté gratuite, un objet ludique et sans engagement à trimbaler avec vous pour nettoyer le neurone du stress, bref, un divertissement léger et pas cher !

Mais COVIDE oblige (oui, je l'écris avec un e à la fin, car je trouve que la racine « vide » lui va bien à ce con-là puisqu'il le fait si bien autour de lui), il n'y a plus de scène ouverte pour vous jouer tout cela sous forme de sketches sur scène, et si un jour on me propose de jouer avec un masque et un plexiglas, j'aurais l'impression de jouer à la prison de CORBAS devant les « perpétuités » ...

Par conséquent, la culture étant fermée pour contagion (sniff), j'ai choisi une forme ancienne d'expression, ni sur chargeur, ni animée, mais un vrai livre en 3D qu'on peut toucher, relire plusieurs fois sans abonnement, ni problème de réseau ou de sous-titrage en chinois !

Oui, un vrai livre en papier ! (Vous vous doutez bien que sous format EBOOK, vous allez surtout mettre des jolies empreintes graisseuses sur vos tablettes, mais vous n'aurez qu'à froisser une feuille de papier à côté pour faire le bruitage !).
Mes agneaux, mes poulettes d'amour, devant vos yeux ébahis, voici les tranches de vie compilées et bien barrées d'une quinquagéniale, pour partager la dérision et le recul indispensables à notre survie de la caboche et des boyaux de la tête dans ce monde complètement à l'envers !

En parlant de recul, nous avons cinquante ans derrière nous, (là, vous devez tourner la tête pour regarder vers l'arrière afin de montrer l'étendue de votre expérience passée), et nous sommes désormais certaines que cette année 2020 restera dans les livres d'histoire comme l'année folle : l'année de tous les dangers, l'année des méduses, l'annus horribilis comme le dit la reine des Queens, qui n'est pas la dernière à manier le fléau verbal cinglant caractéristique de l'humour britannique flegmatique et redoutable. En même temps, vous avez vu son fils aux oreilles aussi grandes que les scandales royaux à répétitions dans « Gala » ? RULE BRITANIA !

En plus, si je regarde dans le rétroviseur ce rétrovirus, cette belle saloperie m'a donné envie de baptiser cette période que nous vivons « la covida loca », en hommage à Ricky Martin, ma référence personnelle en matière de philosophie ! Oui, le monde est devenu fou : nous devons rire ou périr !

Ce kohvid, nous ne l'avons pas choisi ! Il NOUS a choisis pour nous faire vivre le koh lanta des T3, le régime cosmonaute de la Nasa où l'on vit 3 ans sur Mars avec des russes qui pètent et qui rotent ! L'angoisse de l'isolement mais pas seul, à devoir supporter des gens qu'on aimait, avant, et qui d'un coup, sont passés de : « on se voit seulement deux heures par jour mon amour, la vie est trop dure ! » à : «je vais aller sortir les chiens, là, pendant deux heures, sinon, tu vas finir pendu par les pieds avec la guirlande de noël scintillante sous la jolie pleine lune, maaaamour » !

Sans pandémie, prendre cinquante ans dans les dents, (surtout avec des bridges « mal à coffe » de moins en moins bien remboursés…), ce n'est déjà pas tous les jours faciles, mais cette blitzkrieg virale, c'est la goutte de prosecco qui fait déborder le spritz !

Comment nous, les femmes de cinquante ans, faisons-nous face à ce cumul des mandats pourris de thug life, sans le statut, la retraite, ni la pension de Sarko et Kahn ? « On fait au mieux avec ce qu'on a, et on dit merci ! » comme disait ma grand-mère !

Rappels importants pour les moins de 30 ans : nous, pas vous, nous avons dû vivre une enfance sans nutella, YouTube ou Squeezeeee, juste avec un pauvre walkman à pile et cassettes en écoutant « Eve lève-toi », une seule télé pour douze, des dictionnaires qui se feuillettent et un appareil dentaire qui lacère les joues, interdisant tout bisou avec la langue avant vingt ans, qu'on nous appelait « grille d'égouts » quand on souriait !

Puis, on a dû vivre avec des jupes à pois, une adolescence biactol sans iPhone 15 ni internet, des grandes sœurs qui nous tapent, des études de près, des garçons de loin.

Puis, les mariages en blanc, les premiers jobs qui tabassent nos naïvetés, les larmes des grossesses perdues, des divorces qui coûtent, les seins qui tombent et les triglycérides qui montent, le salaire qui stagne.

Ayant traversé ces années de dur labeur, avions-nous réellement besoin, en guise de rite de passage vers le côté obscur de fin de vie annoncée, de cette épreuve de co-location forcée avec maris, enfants, chiens, voisins qui hurlent, mais sans restaurant, ni apéro copines, ni piscine le samedi matin pour purger nos veines toxiques et noyer quelques vieux dégueu qui reluquent, pour oublier, dans le silence de l'eau qui nous bouche les oreilles, les turpitudes trépidantes de nos vies toupies pas toujours tip top ? (Redites-le vite à voix haute sans fourcher, tiens !)

Que nenni, que non, que diantre, qu'allions-nous donc faire dans cette galère ??

En ce mois de janvier 2021, en pleine prolongation du match « confinage vs libération », nous voilà usées par toutes ces semaines à souffrir des mêmes syndromes que l'enfant secoué ou que l'adulte pas assez, démunies, seules au fond et pourtant saoulées par tout ce monde dans nos appartements qui veulent nous demander des tas de choses tout le temps.

D'un coup, un lundi soir vers 18H30, à l'heure de l'apéro Skype anti-craquage avec les copines qui hurlent dans nos casques parce que leurs enfants derrière elles font tout pour ruiner ce moment en braillant à faire des larsens, nous avons commencé à comprendre que cette prison-là était bien pire que le bracelet électronique à la cheville, voire pour certaines, à envier le courage de DUPONT DE Légionnesse.

Mes chères amies, ne nous laissons ni battre ni abattre ! Comme dit souvent ma gynéco, « Même au fond du trou, il y a de la lumière ! (Ceci n'est pas une référence ni religieuse, ni sexuelle, juste médicale). Et puis c'est MON livre, je dis CE QUE JE VEUX ! Bon, je me calme.

Je confirme ! L'espoir est là ! Restons optimistes, car je vous le dis en vérité : « à la loterie de la vie, il y a toujours des lots de consolation » !

(Proverbe très personnel, que je dédicace aux athlètes français qui ont tendance à perdre systématiquement à deux mètres de l'arrivée des JO en se pétant une cheville, et pour ma voisine quand elle regarde son mari à jeun et avec ses lunettes…)

Notre consolation, c'est que l'esprit ne peut être confiné, et qu'au contraire, plus on nous oppresse l'enveloppe charnelle avec des contraintes et des masques, plus notre esprit décide de chercher sa survie et balance du lourd !

Alors en route pour un divertissement ouvert à toutes et tous (les garçons qui me liront en entier en sauront toujours plus sur leur douce que les autres, c'est un cadeau bonux) !

Je partagerai avec vous des histoires vraies ou pas, c'est le mystère, des anecdotes féminines mais universelles, teintées de mon analyse fine de psychologue non diplômée que toute femme devient au fil des ans parce qu'elle traverse la vie sans antidépresseurs ou presque (à notre âge nous sommes toutes femme, mère, fille, sœur, psy, infirmière, pédiatre, prof, œnologue réputée, plombière, cuisinière, prof de sport en chambre, vétérinaire et phytothérapeute confirmées).

Nous nous rappellerons ce qui nous manque désormais, alors que nous n'en voulions plus avant la grande contagion, ce qui reste éternel, ce qui énerve, qui fait rire ou pleurer, nous donnes des brûlures d'estomac sans le crémant à 5 euros.

Je vais vous brosser les portraits déformés et sans nuance de nos familles, divorces, notre travail, nos amours et nos coups de gueule !

En ces temps troublés, comme vos jolis yeux embrumés par ces miasmes rejetés à chaque respiration depuis vos masques baveux qui ne sont même pas des FFP2, je vous envoie de l'oxygène sans buée sur vos lunettes car vous lirez ceci sans masque et avec un verre à la main, je vous le recommande vivement pour un effet optimum.

Dans ce recueil intime et pourtant collectif, vous découvrirez un style de littérature (spécial), des chansons (spéciales aussi), des sketchs (plutôt spéciaux) et vous pourrez vous esbaudir devant ce produit totalement artisanal et « made all by myself » et rien que pour vos yeux !

J'ajoute que ce « calendrier de l'avent quinquagéniale » original est sponsorisé par la sécu pour lutter contre le cancer colorectal ainsi que la dégénérescence de nos neurones, pourtant déjà bien supérieurs en nombre à ceux d'un ministre à poil dru du même âge !

Laissez-vous aller, ouvrez votre esprit et fermez votre porte de chambre. Cette lecture est votre moment, elle n'appartient qu'à vous !

Je ne vous conseillerai que trop de mettre dans vos oreilles un bonne playlist rétro, comme celle que j'ai écouté en écrivant mon bouquin en pensant à vous : Earth Wind and Fire, Lionel Ritchie, Blues Brothers,

Mickael Jackson, Al JARREAU, The Pretenders, Téléphone, Cyndi Lauper, Billy Joel, Kate Bush et j'en passe !

Pour vous mesdames, il s'agit donc d'une séance de rirothérapie bénéfique et pour peu de frais, car même un verre de kir mûre à la main, ça reste abordable comme expérience !

Pour vous messieurs les aventuriers, il s'agit du plus intense documentaire que vous ne lirez jamais sur la vie sauvage et mystérieuse de cette créature merveilleuse qu'est la femme quinquagéniale, comme celle qui embellit vos jours et raffermit vos nuits, vous empêche de vous ennuyer tout en pensant à votre ligne, parce qu'arriver à cinquante ans et en rire, c'est bien la preuve que nous sommes toutes QUINQUAGENIALES !

LIVRE I

Une famille pour rire

Au commencement était ...noël !

Jingle Bell ! Jingle Bell ! Le ton est donné : Noël en famille, je sais, j'attaque fort dans le genre film d'horreur !

C'est bien connu, la famille constitue à elle seule le principal fonds de commerce de tous les psys du monde et ce n'est pas pour rien !

Et pourtant, il a fallu une pandémie qui nous isole de tout pour réaliser que les anniversaires ratés, les mariages pourris et les réveillons catastrophes nous manquent bien plus que la « plénitude » du télétravail forcé avec des mini tornades humaines tournant autour de nous en hurlant parce que les écoles ont dû fermer et qu'on doit ABSOLUMENT leur expliquer le théorème d'un grec mort il y a des centaines d'années...

Souvenirs, souvenirs... Je m'étonne moi-même car me voilà nostalgique d'un des derniers repas de noël passé en famille, pourtant peu reposant et qui aurait même réussi à faire déprimer le Dalaï Lama, mais qui devient tout à coup inoubliable alors que nous vivons le premier confinement de notre vie et de celle des habitants du monde entier. Je ne résiste pas au plaisir de vous en offrir la quintessence, à travers le prisme déformant du délire, et en attendant qu'en 2031 nous puissions à nouveau nous engueuler autour d'un sapin en plastique à dix centimètres de nos proches sans masque afin de leur faire profiter de nos postillons tarama dans la figure et de la bonne humeur gluante des virus non mortels !

Soyons clairs, avant le covid, je détestais déjà les réveillons !

Le père noël me les brisait menu-menu, il me faisait peur avec son look de vieux pervers pédophile à barbe, et mis à part la neige et les raclettes, globalement, l'hiver me mettait le bourdon, comme Didier (ça, c'est cadeau, ça fait plaisir et puis ça débarrasse) !

Je le sais bien, je ne suis pas la seule, il y a même des clubs anti-noël discrets, car cela ne se dit pas, c'est encore socialement peu accepté de détester les réveillons, et il n'y a pas de « Xmastoo » ou « balancetonpapanoel » donc, on fait dans la résistance clandestine.

En plus, j'ai toujours eu de la chance, car faire un réveillon dans ma famille s'apparente plus ou moins à survivre à un entraînement des Forces spéciales contre la torture psychologique à Guantanamo, vous allez comprendre pourquoi.

Dans ma famille, l'esprit « crétin » pétri de mansuétude et d'amour n'a jamais été invité au réveillon : ma famille est trop barrée, out of Africa, out of order, bref, ingérable !

Loin des réveillons parfaits de « poubelle la vie », chez nous, c'est l'épreuve des poteaux, le rite initiatique pour devenir Jedi, c'est un mélange de « La bûche » et du « Père noël est une ordure » ! Juré, craché ! « Croix de bois croix de fer, si je mens, je bute ta mère ! »

Noël, avec les individus génétiquement proches de mon ADN, ça m'envoie des suées nocturnes des mois avant, on dirait une ménopause accélérée : je m'enfile des bols d'euphytose, je sniffe les fleurs de bacs, ça ne sert à rien, nada !

Sadiquement, le calendrier de l'AVENT des enfants égrène tous ces jours qui, un à un, me rapprochent de l'inéluctable drame. Mon attente est d'autant plus douloureuse qu'elle est également rythmée par les amies et les collègues qui décochent leurs flèches assassines : « tu fais quoi comme cadeau de noël cette année toi ? tu vas en vacances où ? J'ai trop hâte ! ».

Bref, partout, la télé, internet, les magasins qui clignotent dès début décembre, fon monter peu à peu la pression du bonheur O-BLI-GA-TOIRE fourré au foie gras, saumon qui pue et bûches dégoulinantes, et je sens que mon sternum commence à se refermer comme les huîtres de Cancale sentant la récolte fatale arriver. Je sais que je ne serai plus la même pendant des mois, sans doute jusqu'à l'été avec l'ouverture des plages et des bouteilles de prosecco sur les terrasses !

Attention, je ne râle pas pour rien, il faut préciser le contexte : tout le monde n'a pas la chance d'avoir ma famille ! Je m'explique !

J'ai des parents sonotone déambulateur de chez Amplifiiiion (les plus chers, mais avec un nom pareil, on ne sent pas toujours l'arnaque arriver), qui marchent moins vite que moi quand je suis assise, qui pensent qu'on est dimanche tous les jours, qui picolent sec et racontent la même blague de 1955 tous les jeudis, même quand on est dimanche (je vous laisse vous dépatouiller avec ce nœud temporel) : chaque fois qu'on les voit, c'est un peu Noël déjà !

Il faut savoir que mes géniaux géniteurs ont participé à une expérience sociologique sponsorisée par la caisse familiale d'après-guerre : sans pilule et ivres des trente glorieuses insouciantes de la croissance odieusement rayonnante, ils se sont reproduits en fabriquant non pas une, ni deux, ni trois, mais quatre filles !

Je me retrouve donc la petite dernière de 3 sœurs complètement barrées, des beaux frères qui changent tout le temps, des neveux qui font des enfants avec leur cousine par alliance (je vous laisse réfléchir, oui, les grands-mères sont sœurs du coup), des nièces qui ont l'âge de mon chéri, et du coup à la fin, mon oncle à cinq ans et mes enfants sont les cousins de leurs tantes !

Il y a des tas de marmailles qui grouillent en criant « pourquoi ? quand ? comment ? qui ? j'ai faiiiiim ! ». Je ne sais jamais de quoi ils parlent et en général je réponds : « demande à ta mère » pour me débarrasser de ce petit animal braillant bavant bavard, alors qu'en plus, je ne sais même plus qui c'est, sa mère !

Dès qu'on était en famille d'habitude, avant la chappe de plomb silencieuse du covid, telle la neige d'hiver lorsqu'elle immobilise sous sa couette duveteuse immaculée les villes et leurs activités assourdissantes, ça criait, ça buvait, ça gueulait, ça rigolait, ça épuisait et pas que les sujets abordés, parce que chaque année il fallait renouveler le stock de banalités, pour finir exactement de la même manière chaque fois : par le fameux quart d'heure final « de qui qu'on dit du mal » une fois tous bien avinés avec les yeux qui se croisaient et qui se disaient merde, et pas que les yeux d'ailleurs !

Alors voilà, en décembre il y a deux ans, je n'avais pas encore cinquante ans, ni la sagesse infuse, ni mon psychologie magazine, d'un coup, mon esprit crétin s'est réveillé, sans doute à cause de mes années d'éducation chez les sœurs en blouses bleues et à lire la bible : pif paf pouf !

Possédée par l'immatriculée contraception, (jeu de mot sponsorisé par Feu Vert et ma gynéco), j'ai décidé de faire le réveillon en famille CHEZ MOI ! J'avais dû regarder « Maman j'ai raté l'avion » une fois de trop...

La seule des 4 filles du DR MARS sans maison ni jardin, en appartement et sans assurance habitation spéciale, c'est moi, et me voilà qui décide de réunir toute la tribu ! Du délire ! Mais que voulez-vous, à l'époque, j'avais un côté Ushuaïa-aïe séquence frisson, j'étais comme ça, je croyais encore à l'amour fraternel et à Charles Ingalls !

En plus, les réveillons, c'est un gouffre, une plaie financière, ! C'est plus coûteux qu'un apéro avec des copines véganes qui vous disent qu'elles ne vont « ni boire ni manger », qui viennent les mains vides, alors qu'au final, elles sont juste hyper radines et elles vont TOUT boire et TOUT dévorer, en évitant de demander ce qu'il y a dedans, si jamais la composition pas « green » risquait de gâcher leur voracité rapace, les sales hypocrites !

Le réveillon, ça me bouffe toutes les économies que je n'ai pas de mon découvert que j'ai déjà, alors que je ne cuisine même pas, vu que je fais du Picard, parce « qu'avec Picard, on n'est jamais en retard » !

Mais voilà : vous l'aurez compris, j'ai une vraie smala, qui commence avec trois grandes sœurs pas comme les autres : on nous appelle les 4 filles du docteur TRASH ! Ça vous donne un peu la température du berzingue !

Et pour ma pomme, moi qui suis « l'accident de pilule des années 69 », l'enfant des 40 ans, la dernière grossesse avant la fermeture de l'usine, le bâton de vieillesse, l'enfant du facteur, je me suis pris dans la trombine un lot promotionnel de trois sœurs aînées pour le prix de deux, même si j'ai plutôt l'impression qu'elles sont douze en réalité tellement elles brassent !

Vous le connaissez aussi, chères lectrices et chers lecteurs qui avez été conçus pour clore le cycle reproductif de vos parents, le bonheur que représente ce statut de petits derniers !

Et oui ! Trois sœurs « aînées », droit d'ainesse oblige, c'est trois fois les emmerdes, les conseils pourris et les jugements péremptoires par rapport au sol (mes hommages, KAMELOTT), trois fois plus de baffes quand on leur dit qu'elles pourraient fermer leur jean sans se coucher par terre si elles prenaient du 44 au lieu du 36, c'est trois fois les crises d'ado, les prétendants qui défilent, les ragnagnas, les boutons qui poussent comme leurs seins et au final, le terreau de nos déceptions sans fin à venir de petite sœur qui voulait juste un peu d'amour et qui récoltera surtout les beignes !

DU BONHEUR !!

Des années chez un psy, voilà ce que ça vous occasionne ce genre de pédigrée de petite dernière d'une brochette de 3 filles issues du post soixante-huitardisme babacool objecteur de conscience sous dope, patchouli et pantalons pattes d'éléphant, lsd, pétards, guitares et surtout rien foutre sauf l'amour sans capote avec tout le monde ! Peace and love ! Un beau boxon, oui !

C'est ce que j'appellerais un héritage plutôt lourd, comme ma grand-mère maternelle que je salue d'en bas, car elle entend tout (ah si, vu son poids, elle a dû rester coincée juste au premier étage du paradis des bons vivants pour ne rien perdre du spectacle de notre famille) ou comme l'humour de tous mes beaux-frères successifs qui trouvent que les contrepèteries de 1922 sont aussi savoureuses que Bigard. C'est vous dire...

Revenons à nos veaux, vaches et cochons, mais puisqu'elles penchent plutôt côté végane, voyons plutôt ensemble le curriculum « vitalité » de chacune d'entre elles.

Toute d'abord, si je devais décerner l'oscar à la plus balaise de mes sisterz, il irait direct à l'aînée !

Je l'appelle S.S.A. : SUPER SŒUR AINEE !

Prosternez-vous devant celle qui sait tout, l'unique, l'aînée des aînées, la seule, la wonder bobo écolo, la vraie, la pure, la guide, que dis-je, notre maître ioda du quinoa, la Dalaï Lama de la Vie Claire !

C'est elle, la muse de Nicolas Bulot, la rouge de mémélenchon ! Sans elle, tous les fléaux sur terre s'abattront : cancer du fion et déforestation ! Si ! Pauvre de nous inconscients et futiles, à genoux, repentons-nous !

Pas besoin de retraite spirituelle au Népal, d'abonnement à bio magazine, ni de bol tibétain pour faire des jolies musiques ou un aïoli dedans : je vous le dis en vérité, mes très chères sœurs, mes très chers frères, il suffit de passer quelques jours chez elle, dans son foyer nature et découverte sans parabène et votre vie ne sera plus jamais la même ! Vous reviendrez transformés !

Attention ! C'est tout ou rien comme réaction après une expérience pareille !

Soit, vous sortez de là et vous brûlez vos vêtements fabriqués en Inde par des enfants sans jambes vendus par leurs parents pour un sac de riz, soit vous lâchez ARTE et vos poireaux bio et vous allez kiffer la life à plein tube en commandant du Mac Do à des livreurs à pédale sans contrat ni sécu !

Je les connais bien, moi, les effets de la grande Jedi de l'univers, car je l'ai vécue cette expérience unique inter sidérante !

A la fin d'une semaine de « vacances » chez elle, traduisez par une semaine de courses au marché bio local, sans télé, sans internet, sans téléphone, sans sucres ajoutés ni graisses monosaturées, nous finissions le repas bio habituel dont les mets plutôt agréables étaient agrémentés comme tous les jours des mêmes discussions « positives » sur « la Terre de toute manière, elle est morte, c'est trop tard ! Le capitalisme nous tue, nous sommes les assassins conscients des dauphins échoués sur le sable en train d'agoniser et nous continuons à manger du tarama ! » devant les petits enfants innocents voletant autour de la table sans savoir qu'ils iraient bientôt aller vivre sur Mars vu qu'on attendait le prochain film catastrophe « 2022 la colère des dieux ! », avec un verre de vin sans sulfite …Ce soir-là, c'est était trop pour mes nerfs de petite sœur qui ne sait rien de la vie, qui est une mauvaise mère accro aux choses matérielles : j'ai craqué !

Je suis partie à la supérette du coin, je me suis cachée pour me jeter sur des kinders en buvant une despé, j'ai regardé Disney en cachette avec les enfants enfermés dans notre chambre : j'en n'avais plus rien à faire de rien sur la planète ! Les valises étaient prêtes en dix minutes et mes kids sous les bras non épilées vu que la crème épilatoire tue la Terre, je suis partie sans demander mon reste, même bio enveloppé dans un bocal en verre avec tu tissu au miel d'abeille en guise de bouchon. Nous avons commandé KFC et Burger King, mangé du gras et du salé plein d'animaux morts, et regardé les meilleurs Disney à la télé…le suicide bobo végan organisé, la vraie fête quoi !

Voilà l'effet contraire que ça peut provoquer une soirée avec la force verte !

Je le sais bien moi, au bout de cinquante ans que je la pratique la cheftaine, c'est une expérience qui peut être un véritable choc sceptique ! A vous de choisir votre fosse !

Alors forcément, avant le réveillon, j'avais beau avoir croqué du Xanax et m'être préparée psychologiquement en regardant les émissions d'Arte et en passant exprès devant bio coop pour me familiariser avec cet univers sans emballage, il a bien fallu qu'elle vienne la veille, ma reine du goût, pour reprendre la situation en main juste avant la bataille !

Ah oui, Reine du goût, je ne vous avais pas dit, mais la grande des grandes, elle cumule les mandats : non contente d'être l'aînée et bobo écolo bio, elle a pris le forfait ARTISTE en plus, c'était compris dans la promo des années love !

Elle peint, elle sculpte, elle tripote la matière : donc, ELLE, elle a du goût ! Nous autres, c'est-à-dire vous, moi, nous, là, on est tous des blaireaux incultes qui ne font rien qu'à pas comprendre l'ART qui se niche dans toutes les œuvres monochromes jetées sur un cadre qu'on a tendance à accrocher à l'envers parce qu'on est trop des nases...

Attention, ! Dès qu'elle arrive, elle vérifie toute la déco avec son laser personnel du bon goût : et vas-y qu'elle défait le sapin parce que c'est has been et catho, que les dessins animés pour les kids Disney c'est beurk, c'était un ami des nazis !

Et bim ! Et qu'elle me fout des guirlandes dans les branches mortes qu'elle a ramenées de la plage, vu qu'elles ont une histoire, des ondes naturelles qui vont nettoyer le karma pourri de ma maison ! Moi, pendant ce temps, je la suis avec mon sac poubelle en soja recyclé qui se remplit, mais je ne jette rien cette année, je me suis fait avoir une fois, je garde tout jusqu'à son départ pour tout remettre en place après (non mais, dis donc, ça revient cher sinon !).

Et paf ! Elle colle partout des paillettes faites maisons avec les pellicules de petits mexicains au psoriasis généreux, elle s'en fout la grande, ce n'est pas elle qui fait le ménage après ! En même temps, mes deux cavaliers King Charles trouvent ça super bon ces petits bouts organiques tombés par terre, donc, ils mangent bio d'un sens, note bien.

Et puis il faut savoir que notre Queen of the Arts, où qu'elle aille, elle se trimbale comme la reine d'Angleterre qui arriverait au camping du Grau du Roi, avec tapis rouge et trompettes de la renommée : poussez-vous de là que je m'y mette, pauvre pécore !

Et voilà, dans la vie, il y a des moments où l'on doit faire des choix épineux, comme Pétain : céder, ou se rendre !

Alors, j'ai fait comme lui, j'ai donné les clefs de mon pays à l'occupation gestapo bobo bio écolo qui a pris le pouvoir en hurlant : « schnell archtung tarama poubelle » !

Et c'est parti ! Après la déco, au tour du frigo !

Là, c'est l'instant où je sors ma bouteille perso de gewürztraminer que j'avais mise de côté pour la préparation à l'accouchement ET les moments avec sœur aînée, parce que je sais que ça va être douloureux, et j'ai bien fait, parce que les ennuis volent toujours en escadrille et que l'attaque aérienne est lancée contre l'ennemi, c'est-à-dire ma pomme :

« Mince, Sessile, tu as pris du saumon mais tu es complètement malade ?! C'est du mercure total ! Tu ne vas pas donner le cancer de l'œsophage aux parents pour noël ? »

« Le tarama, les blinis, mais, c'est une blague ! Tu as un bac plus 4 et tu ne sais pas lire ? E232 E243, huile de palme, mais tu veux tous nous empoisonner ou quoi ? »

« Du foie gras ? pfff...il n'y a plus rien à faire de toi ! Non mais tu regardes NETFLISS et tu n'as même pas vu le reportage sur le gavage des oies ? Même Pamela Anderson les défend devant le Sénat, normal pour une dinde, les oies, c'est un peu sa famille en même temps ! »

Après ce préchauffage devant le frigo, ce quart d'heure "on va tous mûrir", comme disent les tomates cerises bio, (humour végan, je m'adapte), j'en suis déjà à trois verres de gewurtz !

Et glou et glou ! Et je sais que le réveillon, ça va être la fête à bibi, le concours de bâches dans mes dents ! Un conseil si vous êtes les derniers des fratries, méfiez-vous, les bobos ménopausées, ce sont les plus dangereuses !

En réfléchissant un peu, je dois admettre que même si mes trois sœurs ne sont pas toutes barrées en mode pitbull du bio, la déglingue est en mode diffusion large, et toutes les quatre, nous avons globalement plutôt reçu de la vie !

Avec un modèle pareil, la seconde sœur ne pouvait que ramer sévère pour exister, la pauvrette. Forcément, elle a cherché son rayon d'action : la nature aussi, mais version avatar cosmique tout droit évadée de sa réserve indienne de CHIPAKEEWA ! (Je ne pense pas que ce lieu existe, mais en le criant j'ai trouvé qu'il avait de jolies consonances cherokee...).

On l'a perdue, pour la France et le cosmos à mon avis, même si je n'ai pas consulté les frères Bogdapoff sur ce sujet brûlant, je pense qu'ils valideraient.

Je m'explique, Germaine : la seconde née, je ne sais pas si elle a trop vu « Danse avec les loups » ou si elle est tombée amoureuse de CROCS BLANC ou quoi ou qu'est-ce, mais ses repères ont vrillé et elle a viré cosmique et chamanes, bien qu'elle vive dans l'Isère et que je n'aie encore jamais croisé ni de bison ni d'indien à crête avec un pantalon à fanges après Crémieu, c'est vous dire si cette affaire-là est étrange !

Il se trouve que quelques temps avant le fameux réveillon, cette grande sœur-là m'annonce qu'elle est devenue femme de lumière, et ensuite, qu'elle a trouvé son animal totem en Mongolie, et pour finir, qu'elle est devenue...loup. Euh...Pardon ? C'est-à dire ? Quoi t'est-ce que ?

Trop heureuse de voir ma trombine totalement choquée, ébahie, bouche ouverte sans pouvoir émettre le moindre son sous le choc des concepts qu'elle vient de m'envoyer au neurone, elle se régale d'avance et me raconte : après avoir médité dans la forêt avec ses copines habillées en blanc en train de faire des câlins aux arbres, elle a obtenu son c.a.p. de femme de lumière. Elle a gagné un beau bâton de bois que même tonton Gandalf serait jaloux, vu que celui de ma sœur, il est customisé avec colliers et tissus pailletés ! Na !

Stimulée par ce premier voyage intérieur, et par les soirées entre copines à communier avec l'univers (avec le cubi de rosé bio quand même, faut pas trop pousser non plus hein), elle a voulu poursuivre son cursus de formation du ciboulot et elle s'est envolée en voyage initiatique en Mongolie. Si, promis juré, la Mongolie...

Là, après trente heures de voyages par avion, en jeep, sur un âne, en mule mongole, elle a trouvé son animal totem : le loup ! Ou plutôt, le loup l'a trouvée, un soir, au fond du tipi, avec d'autres stagiaires qui cherchaient leur animal de compagnie, et qui avaient eux aussi craché du pèze au grand chamane, qui, loin d'être con, doit sûrement être en train de faire construire sa maison sur pilotis à San Francisco vu ce qu'il doit palper à chaque « stage de totémisation ». Comme quoi, quand l'esprit du grand sorcier s'élève, son compte en banque aussi !

« Femme de lumière », déjà, ça m'avait ouvert les chakras de découvrir cette formation originale, et je n'avais pas voulu lui montrer mon inquiétude et ma stupeur intérieures, alors je n'ai pas osé lui demander si elle brillait la nuit quand on la secouait, ma sister, ce qui en passant serait franchement pratique pour le camping quand on cherche sa tente à minuit. Mais bon, je risquais encore de me faire critiquer pour mon manque d'élévation spirituelle, j'ai donc fermé mon clapet et écouté la suite.

En tout cas, ce que j'ai retenu, et qui est plutôt bien pour une retraitée vivant recluse au milieu des corbeaux le reste de l'année, c'est que cette lumière lui a permis de se faire plein de copines illuminées en costumes de lin blanc bio qui chantent Yves Duteil « prendre un tronc d'arbre dans ses bras, et ressentir toute sa joie » !

Les nanas, sans aucun mec ni drogue, (dommage c'est moins drôle qu'en 1969 dans les réunions de la secte MOON), elles font des cérémonies Woodstock revisitées mère nature, peace and love des racines, un truc de dingue !

Je vous laisse imaginer le traumatisme des petits écureuils et autres lapinous ou furets qui voient débarquer des hordes de fantômettes blanches psalmodiant leurs chansons rituelles, se collant aux arbres pour que les fourmis soient en communions avec elles ! Le « PROJET ECOLO BLAIR WITCH » !

Heureusement qu'elles ne portent pas de chapeaux pointus et que leur forêt se trouve dans la Drôme et pas au TEXAS sinon le KKK les aurait invitées au barbecue rituel du samedi soir...ça aurait été d'un coup beaucoup moins bobo écolo végan tout ça. Bref. J'arrête de rêver que tous les êtres humains se prennent par la main, je dois revenir à la dure réalité.

En revanche, côté réalité, ma sœur de lumière, était déjà partie au-delà du miroir et j'avais un pressentiment que pour Noël, elle pourrait nous narrer avec moult détails sa toute dernière transformation, ce qui nous occuperait un bon moment !

Elle nous a donc tout raconté, et d'abord comment le manitou en chef (pas plus mongol que ça, sans doute un ancien moniteur de ski grenoblois recyclé vu la description de jeannot le rigolo blond aux yeux bleus teint burinés genre les bronzés font du ski à la Clusaz), leur a fait boire du lait de yack avec des champignons hallucinogènes !

Un bol de drogue plus tard, le grand sorcier a tapé sur des bambous et boum ! Boum ! Ma sœur s'est sentie bizarre (tu m'étonnes, le lsd lyophilisé de sa jeunesse a dû se réactiver !), et elle nous a expliqué comment elle s'est transformée en loup : elle a gratté la terre à quatre pattes, pendant que Roger le comptable devenait un puma, Jeannine rugissait comme une oursonne, et Éric attaquait le poteau de la tente avec ses cornes imaginaires de bison, bref, tout le monde était en pleine montée LSD mais sans Joe Cocker au micro, c'est ballot !

Je vous confirme, loup, puma, ours et j'en passe, les animaux totems ne sont jamais du style petite bestiole moisie au rabais ! Non, madame ! Pas de totem ridicule du style belette ou de musaraigne, il n'y a que du cador, du ponte, du prédateur ultime griffu qui tue !

En même temps, tu ne vas pas payer 3000 euros le voyage initiatique, partir dans les steppes abandonnées avec des WC koh lanta, pour revenir avec une tourista mongole et un tee-shirt avec un joli slogan du style « je suis une abeille, attention, je pique ! » en guise de totem de puissance !

Les organisateurs, ils savent bien ce qui les fait venir, les touristes mal dans leur peau, la déprime à peine validée par leur psy, alors ils leur font du bien à l'égo et allège leurs souffrances et par la même occasion leurs portefeuilles : seuls sont adoubés les loups solitaires, le puma alpha, l'ours majestueux ou au pire, le caribou vexé !

Ma sister, quand elle m'a raconté que, le lendemain de sa soirée au zoo, au réveil, toute grelottante en short et tee-shirt sales dans sa yourte sous une couverture qui puait, elle avait un goût de terre dans la bouche et des tiques sur les cuisses, j'ai compris pourquoi j'aurais toujours du mal à la comprendre, même en français sous-titré cherokee ! Einstein a raison, les univers parallèles existent !

Et d'Une, déjà, je ne dors pas sous tente parce que je n'aime pas les bêtes qui rampent, qui volent dans mes narines ou qui piquent. Et de deux, je ne parle pas le loup, désolée, je comprends un peu le hobbit, l'ado parfois, les grognements de base des hominidés et de mon chéri, mais je ne maîtrise pas les hurlements du canis lupus et je ne pratique que très rarement le grattage de terre pour chercher les champignons, même hallucinants !

Sincèrement, quand ma sœur a détaillé sa transformation, alors qu'elle n'est même pas dans le dernier XMEN, et qu'on a appris qu'elle était un loup et pas que pour l'homme, j'ai eu un peu peur. Forcément, avec deux chiens et une chatte, je me suis demandée quel animal allait marquer son territoire en premier et si je devais prévoir des répulsifs ou une alèse pour mon canapé... A cet instant, vous imaginez l'angoisse qui m'étreint, comme dirait la SNCF (humour pas cher, j'en suis fière).

Le seul point positif, c'est que ça anime le réveillon, ça fait voyager des histoires pareilles, et puis c'est une source d'inspiration pour les géo du Club med !

Ces voyages de ma grande sœur louve, ce sont des cadeaux, surtout quand elle nous achève en nous dévoilant en détails le programme plutôt gratiné pour les stagiaires chamanes ! Le club med à côté, c'est oui-oui chez les BEATLES !

Et oui, mesdames et messieurs, déjà, 3000 euros le trip « éveil des sens », ça en fait des brousoufs pour traverser la Russie sans char, passer les douanes Chinoises avec des herbes étranges sans finir en prison en mode « MIDNIGHT EXPRESS », pour rejoindre la MONGOLIE et trouver son moi profond, en pleine nature, à dormir sous des yourtes au milieu de la toundra, pas de chauffage ni d'anti moustique, à boire du lait de yack pourri et manger des graines, pas un Deliveroo ni un burger King à portée, rien, nada, le désert de Gobi ! Juste les stagiaires de l'esprit, le grand manitou, le silence, la méditation, les chiens loups et le cri de l'aigle au petit matin sur le lac enchanteur des montagnes célestes de la conscience universelle ! (C'est beau ce que j'écris, hein ?).

L'ultime bonus, c'est que les gentils organisateurs avaient prévu des « activités » à payer en « sus » (c'est du latin, banane, nous parlons de choses sérieuses, d'élévation de l'esprit !) pour occuper nos « aventuriers de la hache perdue », entre deux vomis de lait de yack et trois touristas offertes à la forêt sacrée, armés de leur petite pelle pliable Botanic et du rouleau de p.q. bambou à la ceinture style « Camping 3 au Tibet ».

Mesdames et messieurs, tenez-vous bien, moyennant des liasses d'euros, il était possible de participer à des « ateliers » chamanique, que même les voyages Leclerc feraient bien d'en prendre de la graine. Sur réservation, vous pouviez bénéficier d'un massage de l'utérus réalisé par une chamane aveugle, sans les mains ! Promis, juré, craché, j'ai vu le papier d'inscription à l'atelier et le détail croustillant du massage par l'esprit « sans les mains » et sans les yeux ! L'arnaque totale !

Mes aïeux, mes petits frères, à cinquante ans, je pense avoir vécu des expériences uniques et transcendantales, parfois pas tibulaires mais presque (merci Coluche) et bien cet atelier utérin télépathique a réussi à me surprendre, ne serait-ce que techniquement !

Vous pouvez préciser ? Pardon ? Qu'ouïs-je ? Qu'entends-je ? Qu'asperge (petit hommage à mon tonton -paix à son âme- dont l'humour ravageur fin comme la moutarde de Dijon savait égayer les discussions lorsque passait « la danse des canards » lors d'un des nombreux mariages que j'ai dû me cogner avec 3 sœurs mariées et divorcées plein de fois pour enchaîner les beuveries).

J'avoue, devant cette anecdote riche en couleurs, et en détails sur le potentiel intime féminin, que ma gynéco a trouvé très drôle en termes de pratiques pas du tout médicales, je sentais que le réveillon s'annonçait plutôt festif.

Je n'ai pas demandé quelle méthode exacte était utilisée pour ce « massage de l'utérus en aveugle », j'ai eu trop peur de ne plus pouvoir éteindre la lumière au prochain câlin avec mon homme s'il me proposait...un massage !

Après ce beau voyage ludique mais pas pudique, avec la seconde sœur, arrive alors la troisième.

Forcément, il fallait qu'elle se fraye un chemin bien à elle, alors qu'elle a déjà deux stars sur le podium des fratries les plus déjantées ! Mais il reste toujours une troisième marche, alors, hop ! C'est parti pour le dernier C.V. du top 3 !

Globalement, lorsqu'on la croise dans la rue, de prime abord, on se dit qu'il y a erreur : elle n'a pas de soucis, elle n'est ni bio killeuse ni au Parc de la tête d'Or dans la cage aux loups !

Pour autant, en creusant un peu (non, pas la terre, les loups, on se calme, c'est une expression, à la niche !) et en observant les différents maris de la troisième sister, on comprend vite là où le gène de la nature s'est glissé : pas de bouffe bio, pas de trek dans les steppes mongoles, mais à un goût bien particulier pour un type d'hommes bien précis, car elle n'attrape que des hommes « sauvages » !

A chaque campagne de chasse à l'homme, elle part chercher l'explorateur et elle ramène tarzan, ou cheeta parfois quand Tarzan est parti chasser chez Picard pour trouver du steak d'autruche !

Le premier trophée était un homme sauvage des maquis corses, il courait (oui, un corse peut courir, si on le capture encore jeune et qu'il a faim), à moitié nu le cuir tanné par le soleil méditerranéen, pieds nus sur les rochers, le cheveu au vent, sous le regard médusé des cigales qui l'accompagnaient de leurs « KSS, KSS, KSS » en guise de chant d'amour devant ce bellâtre des garigues. Alain de loin ou de LYON, comme dirait mon tonton rigolard, mais sauvage, c'est sûr.

En dehors des maquis, les chaussures, c'étaient vraiment une plaie pour lui, il préférait vivre pieds nus, et c'est sans doute une des raisons qui faisaient que les chiens l'aimaient bien, les tapis du salon et les narines de mes parents, un peu moins...

Forcément, trente ans de mariage plus tard, il ne courait plus aussi vite, son ventre arrivait le premier à table, alors du coup, elle est partie en chasse. Elle est revenue avec un nouveau Cro-Magnon : Crado, fils de Rahan.

Le vrai, l'authentique, AOC du terroir, celui qui inspire les aventuriers : Tom Hanks l'aurait même rencontré avant de tourner « Seul au monde » pour être plus crédible, c'est ça, les acteurs américains, perfectionnistes jusqu'au bout !

Il n'empêche qu'au réveillon, elle avait beau m'avoir prévenue avant qu'il n'était « pas DU TOUT citadin » et que je n'allais pas adhérer au style, voire qu'il pouvait faire peur, je vous jure, il a foutu la trouille à tout le monde quand il a débarqué ! J'ai cru que c'était un ours des Pyrénées échappé de sa réserve !

Au réveillon du 24 décembre, il fait nuit, tout le monde est déjà là, nous venons de revenir de Mongolie. Ne manque plus que la troisième sœur et sa dernière conquête. J'entends sonner, mon cœur s'emballe, je tremble un peu, ça y est, j'ai ouvert la porte, et là, insupportable suspense... personne. Puis, après des secondes interminables de silence, un nuage d'odeur fauve des cages du cirque Médrano m'a sauté aux naseaux et l'ensemble odeur-bête s'est invité chez moi ! Le raz de marée olfactif a inondé mon couloir. Emportés par la puissance de l'effluve inattendue qui s'engouffre dans mon appartement, mes chiens ont fui en couinant, les fleurs ont fané, les feuilles des plantes sont tombées, mon nez s'est bouché, puis l'ombre de la bête a surgi, nimbée d'un halo de bruine sylvestre, comme lorsque Blanche-Neige voit surgir la sorcière cachée derrière les gentils petits animaux de la forêt

! Puis, il a grogné, et ils sont entrés, lui, Crado, fils de Rahan, et son déo-spray naturel « herbe fraîche coupée après la pluie ».

Voilà.

Il faut le savoir, l'homme sauvage des forêts domaniales, il a le poil dru, la tignasse longue, les griffes courbées, il sent le chien mouillé ou le linge mal séché dans un garage moisi sans fenêtre.

J'avoue, j'ai maîtrisé au mieux mes émotions, mais les animaux sentent la peur, (comme disait mon premier mari en remettant à l'eau la truite à laquelle il venait d'arracher gentiment un bout de lèvre avec son hameçon rouillé ce couillon, j'aurais bien aimé lui faire pareil voir s'il sentait la peur tiens) !

J'ai pris une grande respiration puis j'ai bouché mon nez, et je me suis lancée, un sourire et un spray WC en bandoulière, je lui ai fait la bise ! Mesurez bien mon courage, mon saut vers l'inconnu sans filet ni parachute : la bise ! Evidemment ce premier contact était dangereux, la bise était rugueuse et pour être précise, elle me mit la joue droite en feu...Par conséquent, et bien que j'aie retenu le passage de la bible ou le barbu en couche et crocs vintage nous conseille de tendre l'autre joue, j'ai adapté la deuxième bise et sauvé mon autre joue : je l'ai fait péter dans l'air, à la bourgeoise liftée de frais, sans toucher les clous en acier du sanglier des Ardennes qui lui faisaient office de poils, parce que je voulais éviter de saigner des deux joues en même temps le soir de réveillon ! Ouf !

C'était officiel, ma dernière sister avait importé un animal exotique en voie d'extinction hors de son habitat d'origine, et elle n'était même pas vétérinaire ! Un vrai défi !

Notez bien, il s'agissait d'un défi pour les deux : the bucheron canadien de la Creuse, il a dû s'acclimater à la Ville, le pauvre ! Plus de forêt sauvage, plus de cascades glacées pour le bain annuel sous les regards horrifiés des biches outrées, plus de routes glaciales sans voiture comme le 17 mars au matin en France, plus de fêtes municipales des classes en 8 avec la clique du village qui joue « les sardines » en buvant le pastis pur et croquant des glaçons direct, comme ça on gagne en vaisselle, le coma arrive plus vite.

Désormais, le poverino, c'est un bain tous les deux jours, idem pour ses vêtements, avec des ateliers de diction et de vocabulaire des gens de la ville, pour l'aider à survivre dans ce monde de brute plein de stress ! Elle y croit, la sister, elle poursuit le dressage, parfois elle passe en mode « ORANGE MECANIQUE » et elle le laisse seul devant TLM ou BFM TV avec un bol de houmous monoprix et une petite cuillère, c'est cruel, mais bon, ce qui ne tue pas rend plus fort, il paraît.

Bien entendu, sur les conseils de mon vétérinaire, ils ne regardent plus les émissions animalières pour lui éviter ce supplice et risquer de provoquer chez lui une crise de panique voire une plainte du voisinage pour maltraitance animale s'il se mettait à hurler à la mort devant l'ours polaire mourant sur le reste de banquise !

Elle lui a lavé les cheveux, limé les griffes, mais les progrès en langage restent timides, alors c'est nous qui nous sommes adaptés : j'ai appris quelques-uns de ses grognements typiques, comme celui qu'il émet en tendant la tasse pour le café ou le verre pour le jaja pour remplissage.

Désormais, je connais les risques encourus pour toute invitation : dès le repas fini, la digestion s'enclenche, et il tombe là où il est et dort sur la table ou sur le canapé entre deux et 4 heures selon les occasions, alors on prévoit les repas à 11H00 pour pouvoir débarrasser la table avant minuit.

C'est toute une organisation, mais on fait ça pour la nature, et puis, on lui a trouvé un nom sympa, qui fait plaisir à ma sœur louve et à Jack London, on l'appelle JO l'indien, parce que maintenant sa tresse est propre et lustrée, et comme dirait LOREALLE, « parce qu'il le faut bien ! »

Pour être honnête avec vous, entre l'aînée qui aime la nature bio mais qui ne sort jamais sans sa schlag pour répandre la bonne parole et débusquer l'huile de palme, la seconde qui est un loup ou une lumière selon la lune et qui ne fait plus partie de notre dimension, et enfin, la troisième qui dresse les hominidés sauvages, vous imaginez aisément qu'il devenait illusoire que je reste sobre si je voulais éviter l'asile : il fallait que j'arrive à supporter tout cela, avec le bon dosage alcool/réalité, car j'étais responsable de la survie des autres êtres qui vivaient avec moi, mon homme, mes enfants, mes   animaux   à   moi.
Bien sûr, j'ai réalisé un peu tard que la décision de faire ce repas chez moi relevait d'un acte purement inconsidéré, et comme disait le gone dans le film La guerre des boutons : « si j'aurais su, j'aurais pas venu ! »

Sachant que je n'avais pas prévu de participer au prochain reportage de National Géographique sur la vie sauvage, et habitant la PART DIEU à LYON, site extrême parfois, mais peu connu pour ses forêts sauvages, je n'étais pas armée pour faire face à ce déferlement naturel et olfactif, et je buvais donc plus qu'à l'habitude, pour qu'enfin anesthésiée par le gewurztraminer, je ne ressente plus la peur !

Avec tout ça, n'oublions pas que c'était le réveillon, il ne manquait plus que mes parents pour que le tableau soit complet : lentement, le déambulateur et la canne en premier, les odeurs ensuite, le mimosa de l'eau de Cologne préférée de ma maman et le cigare froid/ whisky pour mon papa, je leur ai enlevé leur sonotone, collés deux verres de truc à bulles dans les mains, et trois tartines d'autres trucs dans l'assiette, hop, on était bien !

C'était l'heure, le public était installé, alors j'ai lancé les hostilités rituelles de l'apéro entre sisterz, pour ne pas attendre qu'elles tombent d'elles-mêmes, comme ça je choisissais le sujet : j'ai braillé très fort « et bah moi, je me ferai vacciner contre le covid avec l'ASTRAZENNECA parce que je veux pouvoir manger du pangolin et du steak de loup en tartare, comme JO l'indien ! » Ah, ah, ah ! Quelle poilade !

Pendant que les 3 grandes braillaient et gesticulaient en réaction à ma mise à feu soudaine de la fusée d'humour qu'elles avaient pris au 1er degré, mes parents applaudissaient à chaque cri en croyant qu'on leur faisait une petite pièce de théâtre pour noël.

« Elle n'est pas belle, la vie, ma chérie ? » disait mon père à ma mère. C'était ça, l'esprit de noël...

D'engueulades en minutes silencieuses car bouches pleines, des rires nerveux aux ronflements des beaux-frères enfin bien repus qui s'endorment la tête dans l'assiette de nougat glacé, arrive enfin la délivrance de fin de l'après-midi avec le départ des convives.

Adieu, je ne vous hais point !

La porte se ferme sur les bruits et les odeurs, les cris et la fureur. Inspiration, soupir. Les yeux fermés pour clore cet épisode. C'est fini.

En cet instant béni, je me tiens debout dans le couloir, je suis épuisée du dedans et du dehors.

Le vin blanc alsacien coule généreusement dans mes veines et mes neurones sont confits dans le gras, je me délecte de ce silence apaisant, comme de celui du vendredi soir tous les quinze jours, lorsque les enfants partent chez leur père et que la porte se claque sur...le néant !

Après ce réveillon sans mort ni blessé, si ce n'est quelques cellules du foie, un saumon qui s'appelait Erik et une oie qui s'appelaient Christiane, j'ai finalement décidé que ce serait le dernier en famille, pour mon cœur, mon portefeuille, mes triglycérides, pour l'espoir, pour les femmes, pour la planète !

J'ai aussi décidé que, non, je n'irai pas en Mongolie boire du lait non pasteurisé, je suis lyonnaise ! Non, je ne deviendrai pas végan parce que le tartare de bœuf au couteau aux Halles, c'est le petit jésus en culottes courtes alors que je n'ai même pas fait ma confirmation et que je ne suis ni pédophile ni indien (celles et ceux qui ont connu le dermophile indien en question comprendront la vanne). Eh oui, mon homme me plaisait bien avec sa peau douce et que je ne voudrais pas de lui avec une barbe en paille de fer même si ça décape les peaux mortes au printemps selon mon esthéticienne !

Vous l'avez compris, j'ai un pédigrée spécial car je suis la petite dernière, et cette arrivée tardive dans la lignée familiale m'octroie un statut particulier et des compliments originaux :

Je suis « celle qui n'est pas bien finie » comme me l'ont toujours dit mes gentilles cousines toujours prêtes à rendre service surtout dans un domaine où elles n'y connaissaient rien, entre autres la génétique !

Selon elles, j'étais l'accident de fin de plaquettes, le bâton merdeux pour les vieux jours, et arrivant en fin de carrière séminale et ovarienne, mes parents m'avaient sans doute offert « les restes » et c'est tout à fait logiquement que j'ai sans doute cumulé les défauts familiaux avec : la surdité congénitale, et pas « con j'ai trop bu » (celle-là aussi, c'est une des préférées de mon tonton Maurice ! C'est cadeau pour les plus de 75 ans du club de coinche de Saône-et-Loire), les genoux en x, la scoliose, les gros seins, la tendance bavarde et extravertie qu'il faut que je me coupe moi-même la parole pour que les gens puissent en placer une.

Mais moi, je m'en fous, parce que même avec cette liste de courses à faire pâlir un eugéniste hitlérien, je n'ai même pas peur, et vous savez pourquoi ? Parce que j'ai trois sœurs ! (Rime pauvre, tant pis, Charlie !)

LARA le sait, ELLE, qu'il « y a tant de gens qui m'aiment, que je ne les voies pas » (merci, toi, au moins, tu comprends les femmes !), et en parlant d'aimer, ce soir-là, après le départ de tout ce monde, mon homme est sorti de sa réserve, c'est-à-dire de notre chambre.

Je m'explique Madeleine : je l'avais aidé moi-même à se retrancher avec vivres et boissons dans notre chambre, fermé à clef, pour survivre à cette soirée que je sentais plutôt bien partie pour être un road movie sanglant.

C'est normal de vouloir le protéger ! Au troisième mari, en général, on veut le garder celui-là, vu les années de galère pour le trouver, n'est-ce pas mesdames ?

Pas question que je le jette dans la fosse aux lions au milieu de ma famille en plein réveillon si je veux qu'il reste en bon état, « I SAY NO, NO, NO ! » (Je sais, j'ai des références d'alcooliques notoires, mais bon, si vous les avez reconnues, c'est que vous avez les mêmes ! et paf !)

Mon chéri a attendu que les bruits se dissipent, que les portes finissent de claquer, puis, doucement, il a sorti la tête, telle la tortue qui sort de sa carapace après un ouragan, il a regardé à droite et à gauche pour vérifier qu'il n'y avait pas de piège, et nous nous sommes enfin retrouvés tous les deux.

Tous les deux, car les enfants étaient épuisés, eux aussi, dans leurs chambres, casques rivés à leurs jolies têtes mêmes pas blondes, les chiens étaient gavés des bouts de pain et de saumon fumé qu'ils en écrasaient dur les quatre fers en l'air la truffe ronflante, bref, le calme après la tempête, enfin !

Trop heureux, mon homme et moi, nous avons sauté sur le saumon au mercure, le foie gras assassin, nous avons dévoré le tarama chimique à la cuillère, bu tout le champagne au goulot en hurlant « Don't stop me now » de QUEEN ! La fête, quoi !

Là, repue et soupirant d'aise, j'ai rapidement jeté un œil à notre appartement, en mode Beyrouth après les bombes, ou après un anniversaire de gosses AVEC un magicien qui vous laisse les ballons crevés, les confettis et les gâteaux collés par terre. Oh, que oui, vous le connaissez bien, ce deuxième effet « Kiss pas cool » d'abattement total chaque fois que vous recevez, devant la table dégueulasse, les trente milles assiettes qui collent comme le carrelage, les paillettes, les papiers cadeaux froissés trempés dans le vin, les taches par terre improbables qu'on ne veut surtout pas savoir ce que c'est mais qui sont visiblement délicieuses vu que les deux chiens ont décidé de lécher centimètre par centimètre de l'appartement !

C'est pile à cet instant que tout se décide : soit crier et s'enfuir, soit prendre son homme par la main et aller jouir. J'ai choisi la deuxième option : « hé, chéri, on finit l'année en beauté ? Un coupette, un cuni et au lit ? », il a posé son opinel et opiné du chef et, et il m'a attrapée par la taille : « on laisse tout pour demain, joyeux noël ! a-t-il lancé, rayonnant ! ».

Nous avons laissé le boxon à nettoyer pour le lendemain, parce que c'est ça aussi, l'amour, savoir gérer les priorités ensemble, et parce que je savais que j'arriverai à négocier qu'il fasse tout, mon gentil doudou, après l'amour, bien sûr...

Voilà, vous savez tout des raisons qui font que cette année confinée m'a apporté la sérénité tant attendue et inespérée, puisque ce sont des réveillons SANS famille, merci Rémi (je vous laisse le jeu de mot congelé aussi) !

Par conséquent, pour effacer votre culpabilité de refuser les obligations familiales de fin d'année, je vous adoube toutes et tous : vous voilà soulagés, vengés, et heureux, vous qui avez souhaité ce réveillon seulement avec ceux que vous aimiez, sans surmenage, sans cuisiner, sans découvert bancaire, sans ménage pendant deux jours, et qui l'avez enfin eu, votre réveillon intime zen, regardant votre film préféré seule ou avec votre amoureuse(x) en buvant autant que vous voulez avant de faire des câlins même pas pendant le journal de 21H00 !

Alors merci au confinement, pour ça au moins, parce que comme dirait ma sœur après son deuxième divorce : « Finalement, d'un mâle sort toujours un bien ! ».

A la fin, il y avait les mémés...méchantes !

Vous l'avez compris, l'âme de ma famille, ce terreau fertile pour l'humour cynique en branches se répartit entre les parents, les sisterz, les enfants mais aussi les grands-mères, qui, paix à leurs âmes, (si ça existe, je pense qu'elles sont au paradis en train de se gondoler avec des copines et qu'elles font suer les anges à leur cacher leurs auréoles, oui !), m'ont offert tellement de joutes verbales lors des fiestas familiales, que je pense qu'elles m'ont donné le goût du travail bien fait et du rire bien saignant !

Leur talent pour le cynisme organisé, le crime de lèse-majesté en réunion et la méchanceté ordinaire sur tout être vivant, ont forcé mon admiration toute mon enfance, et puisque je ne peux pas vous projeter la vidéo des leurs exploits, je vous en ai extrait un morceau choisi : ainsi, vous pourrez aisément mesurer l'atavisme que j'ai reçu en héritage de cette génération de la seconde guerre mondiale, son niveau d'allumage intersidéral, qui leur aurait fait gagner une place sur SpaceX en vip !

Comme au théâtre, je vous situe l'action : ACTE UN, scène 1 : la grand-mère déchire tout !

Le décor : en pleine fête d'anniversaire, un nouveau beau-frère qui ne connait pas la vieille bête tente un « bonjour, je me présente, je m'appelle Henri ». L'ancêtre royale, la QUEEN MARY II à peine sortie du port de BREST, trône à la place du chef, en bout de la table des 25 convives, devant une assiette andouillette- gratin, deux verres de blanc et rouge bien pleins, et le verre à eau vide, normal, les alcooliques vous le diront tous : « l'eau, ça fait rouiller les tuyaux ! ».

Cette beauté fatale style 1903 porte vaillamment son sac cadeau Daxon en skaï et ses 110 kilos de bonheurs, drapée dans un rideau bleu à fleurs en guise de robe vu la taille du rosbif, ses cheveux gris violet que les coiffeuses adorent faire aux ancêtres parce qu'ils sont aveugles, son dentier blanc comme sa canne au pommeau acier en forme de tête d'oie menaçant, prête à avoiner quiconque essaiera de toucher à son auge bien remplie.

Le jeune innocent s'avance vers l'autel sacrificiel sans le savoir – ivre sans doute- pour se présenter poliment à la JEDI des anciennes, et voilà son discours de bienvenue.

« Ho, mes aïeux, mes enfants, mes petits frères, vous êtes nouveau alors dans cette famille ? Eh bien, je vous plains, mon petit bonhomme !

En même temps, si vous savez boire, manger et dire du mal, alors vous trouverez votre vie ! C'est quoi déjà votre nom ? Jean-Pierre ? Laissez-tomber, je vous aurai oublié dès que ma petite-fille vous aura divorcé, autant ne pas nous attacher, mon petit gars ! Les maris, dans notre famille, c'est comme les sparadraps, on les arrache vite fait d'un coup sec, comme ça, on souffre moins !

Ah ? Vous l'avez trouvé, le bonheur ! Comme c'est mignon ! Mais quel naïf ! Vous voyez, en réalité, le bonheur, c'est une vraie plaie ! Si ! Les mariages, les baptêmes, les anniversaires, les réveillons ! Il faut sourire ! C'est obligatoire ! Rien que ça, j'ai déjà envie de vomir ! Les nazis à bottes en cuir n'ont pas réussi à me faire rentrer leur dictature dans la tête, alors vous pensez bien que ce n'est pas ma famille qui va me dire quand je suis heureuse ! Faudrait beau voir tiens !

Vous trouvez que je suis méchante ? Non, mon petit Roger, Jean-Michel ? Oui, c'est ça ! Non, je suis Ré-A-LISTE ! En vieillissant, nous les femmes de qualité, nous devenons de plus en plus réalistes, nous sommes les reines du cinglant, nous diffusons la rage comme nos odeurs, avec générosité !

Notez bien, moi qui vous parle, je suis une méchante expérimentée, j'ai gagné mes galons ! Mais attention, je n'ai aucun mérite ! A la base je suis déjà une femme et française en plus : autant dire que c'est du niveau de compétition !

Et puis ce n'est pas ma faute à moi, c'est la vie qui rend méchant ! Mais si ! Tenez : regardez-moi ! Regardez-vous ! Regardez-les ! Voilà ! Vous avez vu tous ces rigolos à l'air bovin, ne me dites pas que ça ne rend pas méchant ? On a juste les yeux bien ouverts, c'est tout ! Il suffit d'observer autour de soi pour trouver de quoi dire du mal tout naturellement et sans fluxion de la synapse !

En plus, mon médecin m'a dit que plus j'étais méchante, plus je faisais ma gymnastique du cerveau, moins je tomberai dans le zazheimer, moi qui déteste les frisés, ça me ferait mal qu'ils me finissent alors qu'on a gagné la guerre ! C'est comme je vous le dis, le docteur l'a validé : lancer des fions, c'est quasi une question de santé publique, vous voyez ? Soyez méchants ! Et tant pis pour les cons, qu'ils chialent donc, ils pisseront moins ! Ah ! Ah ! Ah !

Et les enfants ! Il faut avoir pitié des enfants ? Vous n'en avez pas encore alors, c'est sûr, sinon vous ne diriez pas ça ! Quand on n'en a pas, on ne peut pas dire qu'on aime ça !

Moi, par exemple, je ne peux pas dire que j'aime ou pas le cancer tant que je n'en ai pas un à moi ! C'est d'une logique implacable !

Mais les enfants, pour se marrer sans effort et passer le temps, c'est pourtant le meilleur ! Tenez, par exemple, j'ai des couches, consécutivement, de fait, avec les petits enfants, on est comme qui dirait jumeaux du slip ! Ce n'est pas moi qui le dis, c'est mon infirmière : en vieillissant, je fais comme eux, j'ai tous les droits, les caprices, dire du mal et être odieuse si je veux, mais voui, plus aucune retenue, LULU !

Que voulez-vous mon petit bonhomme, c'est le cycle de la vie ! Comme dans le roi lion, le dessin animé africain avec les chansons idiotes ! Ah bah quand j'entends les dialogues de ce truc-là, je me dis qu'ils ont bien fait de faire parler des singes et des hyènes, ça va éduquer nos petits-enfants, ça va leur envoyer du vocabulaire de Bernard PIVOT tiens ! Pfft ! Quelles foutaises, oui !

De mon temps, c'était la guerre, le latin et les coups de pieds dans le ventre, une patate crue et un rat mort qu'on cuisait à la broche dans les caves de LYON pendant que les chleuhs faisaient péter les ponts ! C'était la vraie éducation des gones, ça, mon petit Gérard ! Oui, Jean-Pierre, si vous le dites...

Hein quoi ? Vous pensez qu'il faut être bienveillants avec les bébés parce qu'ils sont mignons ? Décidément je ne veux pas être méchante, mais vous êtes VRAIMENT gentil, Bernard... Jean-Pierre ? Oh mais vous êtes têtu tout de même ! Dites-moi, mon petit Georges, quoi ? Votre blase à vous, ce n'est pas Georges ? C'était le mari d'avant, et bien je m'en fiche : au-delà du deuxième mari, je n'ai plus de place dans mon disque dur de la tête, vous ferez avec le nom qui viendra, et puis c'est tout !

Je disais, mon Jeannot, vous êtes allés récemment dans une maternité pour en voir de près, des bébés ? Ces petits bouts de chewing-gums mâchés roses gluants qui ont un jour d'ancienneté sur Terre, qui régurgitent du lait caillé, lâchent des ruines dans leur couche, tout rouge comme Berlusconi quand il se coince les joyeuses dans sa fermeture éclair !

Mignon, ça ? Pff ! Les bébés, c'est moche et ça pue et ça ne se mange même pas, alors qu'un bon reblochon, c'est pas beau et ça sent mauvais, mais qu'est-ce que c'est bon !

Je me dis toujours en voyant les gens sourire et lancer des « Oh qu'il est beau » que ce n'est rien que des sales hypocrites ! En fait, on devrait pouvoir les rapporter à la maternité ! Quand ils sont ratés, ils sont ratés !

On fait comme la crème renversée, quand elle est trop renversée, on la jette et on recommence ! Satisfait ou remboursé comme chez DARTY ! Sûr qu'il y aurait moins de gamins congelés, attachés au lit ou jeté du dixième étage, je vous en fiche mon billet !

Eh bien vous voyez, j'ai peut-être une couche à l'heure où je vous parle, mais au moins, je me suis rapportée moi-même toute seule à l'hôpital, pour ne plus avoir à supporter ma famille, c'est ça, mon petit monsieur, avoir de la dignité !

Ah la famille ! Quelle engeance ! Jamais très loin, les vautours à héritage ! J'aime bien les assaisonner ceux-là, tiens !

L'autre jour, ma petite nièce arrive, habillée avec une robe bleue moulante qu'on aurait dit une andouillette dans son boyau ! Comme j'ai le sens de l'accueil, je lui parle, histoire de faire comme si je m'intéressais à elle : « ô bonjour ma chérie, oui ma petite fille ? Si j'aime ta robe ? Tu veux vraiment le savoir ? Eh bien, sincèrement, elle est tellement moulante qu'on sait que tu n'as pas de culotte et du coup, ça fait pute, sinon j'aime bien la couleur, le bleu électrique 1980 en 2020, c'est original ma petite fille ! Et puis comme tu es toute petite, au moins tu es sûre que tu ne te feras pas écrasée, même en pleine nuit, tellement tu …rayonnes, on dirait une Schtroumpfette !

Note bien, aucun homme ne voudrait t'écraser, sois tranquille ! D'un sens, note bien, si jamais il y en a un qui veut bien te kidnapper, là, tu dis oui ! Ce sera sans doute ta seule chance de trouver un homme !!! Roh, mais c'est pour rire, ma petite fille, arrête donc de chialer, ça fait couler ton rimmel on dirait Morticia Adams et ce n'est même pas encore Halloween ! » Mon Dieu que c'est sensible quand c'est jeune, ces bestioles-là !

Sinon, pour se moquer, les bourgeois aussi, j'aime bien quand je sors de ma maison de retraite et qu'on va aux halles pour une assiette de fruits de mer, il paraît que l'iode c'est bon pour la santé, alors je bois les huîtres et l'eau de mer, c'est que j'ai encore des années de médisance devant moi à assurer ! Je disais, les bourgeoises, toutes ces parvenues du parc de la tête d'or et du cours Vitton ! Parvenues où, ça, je me demande, des filles idiotes qui marient des vieux riches hideux pour une maison avec piscine aux monts d'or !!

Les barbies blondasses nez n°25 avec la bouche ventouse figée à la Deneuve, c'est du lourd, du neurone en vacances, de la potiche !!

Avant noël dernier, j'étais devant le mareyeur, et je voyais défiler les vieux riches, et là, une gourdasse en cire voulait acheter des fruits de mer ! Un coup de chance !

J'ai mis mon oreille amplifillon à fond pour rien perdre du nectar qui sortait de sa bouche de canard à foie gras : elle s'y connaissait autant en mollusque qu'en philosophie grecque !

Bougez-pas, je vous raconte. Le mareyeur lui dit que les mollusques sont vivants, qu'il faut les mettre au frigo... et là, la peroxydée avec son chihuahua greffé sous son bras comme son sac Hermès, elle couine :

« Ah c'est vivant, mon dieu quelle horreur ! Si je l'avale sans mâcher, ça survit dans mon ventre après ? Comme dans Alien en quelque sorte ? Mais c'est horrible ! Donnez-moi du foie gras, au moins le pâté, je suis sure qu'il n'a jamais été vivant ! »

Ah, mon petit frère, j'ai tellement ri que j'en eu mal au dentier ! J'ai fuité dix minutes de rire dans ma super Tena ! Je vous jure, ça m'a tiré les rides de partout ! Vous voyez, la vie, c'est du bonheur, il suffit de savoir où regarder !

Et puis à la maison de retraite, une fois par an ils font la st Valentin pour faire le tri avant la clavicule du mois août vu qu'ils manquent de place. Et cette fête-là, ça m'occasionne des heures de joie à partager, mais pas avec tout le monde, un peu comme la syphilis ou les livres du Marquis de Sade ! Faut des connaisseurs ou des survivants des camps qui comprennent le douzième degré !

Avec mes formes, une fois que je les ai agrafées et bien remises dans le bon ordre, tous les vieux me draguent ! Et ça prend du viagra et ça meurt d'un cactus juste en voulant se lever du fauteuil ! Quelle rigolade ! La grippe, à côté, c'est Dora l'exploratrice ! Tenez, c'est tellement drôle que j'en ai même gardé un de poème, c'est le Roger qui me l'avait écrit pour la st valentin de 2018, il est mort depuis, tenez, je vous le lis, c'est beau comme du Baudelaire :

« Ma reine, tu es fraîche comme le silure sorti de Saône, douce comme le velours de mon pantalon, moelleuse comme la mie du pain trempé de la soupe à l'oignon, et joyeuse comme une cigale qui a mangé une fourmi ! J'ai envie de t'emmener jusqu'au Mont THOU ! Rien que tous les deux, et je te ferai des andouillettes au gratin ! Allez ma Reine, suis-moi, pose tes dents et laisse faire ton Roger ! ».

Ah la bonne époque des lettres d'amour, au lieu de vos « m et nemz » de vos téléphones portables avec des ronds jaunes qui sourient, les smileys, oui c'est ça, quelle horreur !

Oh crotte, voilà qu'elles s'amènent ! Les charognards, mes petites filles s'approchent pour vous sauver de mon intelligence fulgurante !

Elles vont faire semblant de s'intéresser à autre chose que mes sous, elles vont causer de leurs pauvres vies, de leurs pauvres maris, de leurs pauvres bâtons merdeux, sortez les mouchoirs et le pot de côte, les complaintes, c'est comme les avions allemands, ça vole en escadrille !

Tous les héritiers, en vrai, ils me surveillent pour voir si je vais bientôt passer l'arme à gauche ! Les mouchoirs, je les sors, mais ce n'est pas pour pleurer, c'est pour faire semblant de moucher, le bruit ça couvre les bêtises qui sortent de leurs bouches ! Ils vont me raconter leurs petites vies, et pour finir, je vais tellement m'ennuyer que j'aurais encore bu tout mon pot de rouge en dix minutes !

Bah voilà, vous voyez bien, ce n'est pas ma faute à moi si je suis méchante et si je me noie dans les verres, c'est les autres qui me poussent aussi ! Allez tchin Hector !

Et ne vous en faites pas, si vous n'êtes pas méchant maintenant, ça viendra, petit à petit, sans vous en rendre compte, et vous serez détesté vous aussi, un beau jour.

Alors là, vous penserez à mamie QUEEN MARY II et vous toucherez enfin le paradis du doigt ! Courage ! »

Et au milieu, il y a....
les gosses !

« J'ai faim ! J'ai froid ! Vite ! je veux faire pipiiii ! y a pu de nutellaaa ? Tu peux m'acheter la Xbox 360 à noël ? Pourquoi t'es vieille ? T'as connu les dinosaures ? Pourquoi t'es grosse, c'est parce que t'es vieille ? En fait, c'est quand que tu meurs parce que comme ça j'aurai de la peine maintenant et pis ce sera fait ! »

Vous en voulez encore ou c'est assez comme préliminaires ? Eh bien oui ! Je préviens les fans de magazines sur l'allaitement, les guides pour « Super mamans », celles qui ont les super mugs à leur anniversaire depuis vingt ans avec écrit dessus « à la meilleure des Mamans », et bien j'ose ! Je prends le plus gros risque qu'une écrivaine puisse prendre sans avocat et en ayant elle-même deux enfants, je vais allumer le feu du brasier anti-gosse intergalactique et universel que tous les parents rêvent un jour de voir brûler !

Pour bien en finir avec les sources du mal qui fait du bien, de la méchanceté comme crédo, il fallait bien finir par le meilleur : les gosses !

Il faut nous rendre à l'évidence, pour plein de raisons que nous ne connaissons que trop bien, dès qu'un gamin nous passe entre les mains, le côté obscur nous attire très vite : oui, il y a pire à vivre que la gastro qui s'invite le vendredi soir quand votre amoureux rentre après trois semaines de déplacements et que vous vous êtes épilée trois heures pour rien parce qu'il s'endort dans les toilettes, malade ! On appelle ça les enfants !

Avec TRUMP président des States, je crois que continuer de faire des enfants reste la plus grosse erreur du monde moderne ! Oui, j'assume, et beaucoup de parents le pensent, mais se taisent !

Tout le monde n'a pas le courage de vivre en INDE ou en Afghanistan pour pouvoir assumer son patriotisme frénétique et envoyer son fils déminer le champ du voisin avec ses petits pieds innocents !

En même temps, il en a deux, de pieds, et ce serait tout de même foutrement ballot qu'il saute des deux pieds sur la mine anti-personnelle le même jour, « gardes-en pour demain, mon gamin ! » (Je vous conseille de vous dire cette phrase avec l'accent stéphanois, parce que les sons « en » et « in » sont juste plus savoureux et parce que ça fera sursauter votre entourage quand vous balancerez cette phrase tout fort avec l'accent du terroir, crevant brutalement le silence assourdissant du salon covidé ambiance « fin du monde, rien ne gronde »).

Pour ma part, j'en ai deux, des enfants, et je les entretiens bien, du moins je pense. Il n'y a pas eu de plaintes, mises à part les miennes !

Certes, force est de reconnaître que mis à part le petit Grégory, Emile Louis, Fourniret, oula, en fait mis à part tous les bargeots qui tuent du nain, sans autorisation de les lancer en plus, globalement, l'enfant a une espérance de vie largement meilleure en France qu'au fin fond des orphelinats de Tchernobyl, par exemple.

Chez nous, on se sent un peu obligé de suivre la tradition de l'entretien du môme, amour compris. De toute manière, je ne peux plus les rendre, les quinze jours de délai de rétractation sont dépassés. Je ne peux pas les tuer non plus, mon congélo est trop petit et mes chiens sont trop délicats des intestins, ils ne pourraient même pas les manger, même coupés en petits bouts. Tout est dit.

Et pour être franche, à force, je m'y suis attachée, au bout de 11 et 15 ans, à ces être doués, surtout de la parole : c'est un peu comme l'herpès, ça fait partie de notre vie quoi, on l'oublie un peu, et paf ! Un coup de fatigue et ça se rappelle à nous !

Je vous choque ?

Je me doute bien qu'en lisant ces lignes, vous regarderez à droite et à gauche comme une coupable, et à la fin de votre lecture, vous irez cacher votre livre dans votre table de chevet, à côté des huiles de massage et du lubrifiant, pour vous éviter tout jugement des autres ou de vos propres gosses s'ils tombaient sur ce passage. Vous êtes comme tout le monde, vous avez le droit de penser ce que vous voulez ! Oui ! Dites-le ! Osez ! Levez-vous et revendiquez !

Bon, je me calme.

Et puis zut ! NON ! Je me calme si je veux, et là, je ne veux pas !

Aucun être humain à peu près normal ne va volontairement adorer faire des puzzles en bois avec un chiard de 6 ans qui vous jette les morceaux bien lourds sur les ripatons, vous renverse votre tisane yogi tranquillité, ou vivre au rythme des couches sales et des biberons, des heures de devoirs et d'éducation positive de Montessori !

Chères amies : JE VOUS AI COMPRISES !

Je tranche dans le vif, et je fais mon quart d'heure WC Fields, seul humoriste en noir et blanc qui jetait joyeusement des bambins dans la boue ou leur plongeait la tête dans la tarte à la crème à chaque épisode au pays des enfants rois !

Oui, j'aime certains enfants, surtout les miens, mais, déjà, pas tous les jours, et je vous demanderais de laisser tranquille toutes les femmes et tous leurs hommes qui ont donc décidé de ne pas faire d'enfant !

A contrario de certains ecclésiastiques qui pratiquent le déni universel, surtout des viols sur mineurs, je pratique pour ma part la sincérité profane : j'exècre la bienveillance quand elle est forcée, alors qu'au fond de nous parfois, on n'en peut plus et on sent l'instinct animal meurtrier sacrificiel monter !

Lorsqu'il s'agit des enfants, c'est encore plus hypocrite : les « jolies têtes blondes », les enfants rois du 21ème siècle qui passent leur temps devant des écrans et ne sont jamais fatigués, malgré tous nos efforts pour les anesthésier, qui continuent quand même à nous les briser menu-menu, parfois sans lâcher leurs jeux ! Car oui, je le confirme pour l'avoir vécu, un enfant peut faire chier DEUX personnes simultanément sans perdre une seconde de sa vidéo YouTube du chien déguisé en renne à noël ! Les gosses, ça ose tout, c'est même à ça qu'on les reconnaît !

Etudions donc en détail et avec des exemples concrets en quoi ils peuvent être aimables ces petits monstres d'abord !

Ils sont adorables…quand, en pleine nuit, vous vous levez pour le biberon et il vous gerbe l'acide chaud sur l'épaule, vous lâche une ruine fumante qui déborde de la couche et qu'il faut encore changer la grenouillère et nettoyer les milliers de plis de peau pour éviter qu'il pourrisse sur pieds, et sans vomir svp sinon ce serait une lessive de plus ?

C'est pile à cet instant là que vous trouvez qu'ils sont vraiment « trop mimi » les enfants ?

Ah non ? Alors c'est sûrement quand l'école vous appelle sur votre mobile au travail, en pleine réunion super importante que vous animez et que vous avez préparé 8 jours et 9 nuits, juste pour vous dire qu'il a tout vomi sur les pieds de sa maîtresse, qu'il faut rappliquer dare-dare, vous obligeant à lâcher votre motivation de la semaine, sous les regards méprisants des collègues qui vont pouvoir fayoter sans vous et vous tailler le costard du siècle devant le boss ? Non ?

Par curiosité, j'ai fait un rapide sondage une fois, à la sortie de l'école, auprès des mamans, car les papas conservent une certaine crainte de balancer du lourd, et le résultat des avis était sans équivoque : il semble bien que ce soit l'atavisme, l'alcool et la peur de finir seul qui nous motivent pour nous permettre de conserver sous notre toit ces gentils parasites de la vie, et sans doute un peu la loi sur la protection de l'enfance, aussi...

A cet instant précis, j'aimerais être une petite moustiquette (c'est comme ça qu'on nomme la femelle moustique en maternelle grande section) chez vous, pour scruter les regards des hommes en couple qui lisent ceci, le sourire sadique de satisfaction en bandoulière, mais pas sereins car vérifiant discrètement que leur douce n'est pas à côté pour ne pas se faire gauler !

Bizarrement, c'est toujours plus tabou de dire qu'on n'aime pas les kids, alors qu'on a le droit de faire de l'humour noir à propos de la congélation des bébés dans le nord au mois d'août avec les mister freeze sur une scène quand on est humoriste trash ou d'avouer qu'on aimerait bien se racheter le bandeau fluo, les guêtres fluos et la banane en cuir zippée jaune fluo pour mettre autour du ventre et aller faire les courses en mode années 80 parce qu'on trouvait ça trop « La classe à la DALLAS » ! L'horreur !

Seul(e)s celles et ceux qui sont n'ont personne autour d'eux se lâchent et acquiescent, sans retenue, sans peur du jugement social ! Liberté chérie !

Maintenant, si vous lisez ce passage en couple, et que votre douce veut des enfants, attention danger ! Vous risquez de devoir gérer les violons de la culpabilité anti-gosse jusqu'à la saint glinglin, que votre femme vous jouera si elle maline, en vous faisant croire que non, ce n'est pas drôle, que vous êtes sans cœur, juste pour vous manipuler pour que vous fassiez toutes les sales corvées et qu'elle puisse se dorloter dans le bain moussant porte de la salle de bain fermée à clef, Deezer à fond sur mama Mia, verre de spritz posé sur un tabouret à côté, se faisant ainsi son propre Institut de beauté version bar et pas que bar à ongles !

Il n'empêche, je veux bien faire un effort, mais ce que vous supportez des enfants, aucun ami, chérie, sœur ou colocataire ne vous le ferait vivre plus de deux jours ! Vrai ou pas vrai ? « En plein dans le mile, vingt sur vingt et vive la France » !

Vous imaginez un coloc qui ne bosse pas, ne sait pas faire ses lacets tout seul sans beugler dix minute dans l'entrée alors que vous êtes en retard, ne sait pas utiliser la brosse magique des waters après un attentat au kebab frites, qui fait des phrases à l'envers "oula là mais c'est un géant caca que j'ai fait, viens voooiir!", vide les frigos et placards en laissant tous les paquets ouverts pour faire un élevage de mites alimentaires qui le feront hurler dans les couloirs parce qu'il s'est fait attaquer par des « bêtes » qui volent !

Avec le confinement, la pression s'est accentuée sur vos frêles épaules et votre moral d'acier est devenu feuille d'aluminium ! Et c'est bien normal !

Certains d'entre vous commencent sérieusement à envisager de vendre les enfants à un couple stérile du 6ème qui voudrait vivre au Québec pour repeupler ce pays francophone !

Certes, me direz-vous, les travers enfantins qui nous donnent envie de scotcher nos enfants avec du chatterton ne sont pas toujours l'apanage de l'âge, et certains hommes gardent à vie cette douce innocence mutine qui nous rend folle !

Mesdames, quand le dandy qui vous a séduite il y a dix ans avec sa jolie chemise, son costume parfait qui lui faisait un joli petit cul musclé et sa peau douce et dorée, (je me calme), quand ce chéri-là, dix ans après, se met à faire un prout sur le chien qui dort à côté de lui sur le canapé et qu'il se marre, quand il rote en faisant les lettres de l'alphabet pour voir s'il y arrive comme quand il avait 16 ans, et qu'il a une petite tendance à répondre plus souvent en se tordant de rire "ma bite" que « mon tournevis jaune » quand on lui demande « qu'est-ce que tu as comme outil pour revisser le meuble du salon ?», vous voyez bien la preuve que les gosses participent activement au relâchement global des bonnes manières des hommes adultes qui profitent de leurs exemples pour ne plus évoluer.

CFQ : tout ça, c'est de la faute aux enfants !

Mis à part cet exemple de maladie infantile masculine persistante qui a colonisé tant de jeunes couples encore pétris d'espoir le jour du serment fatal devant témoins, les autres vrais enfants de moins de 18 ans sur leur carte d'identité sont quand même une plaie dans l'univers sidéral qui pourrait être si silencieusement beau.

Pourtant, que je sache à ce jour, on bosse fort (même en Turquie, je vous laisse comprendre ce jeu de mot uniquement phonique), surtout sur les vaccins contre le covid ! Ah oui, ça, sur les vaccins, il y a du monde ! Alors que le COVID, lui au moins, il n'a pas mégoté, et il a réussi à faire chuter la natalité de 13% en un an, le gars !

A contrario, aucun labo n'ose officiellement se pencher sur le problème des enfants dans le monde ! Pourtant, il y a des sauveurs et des sauveteuses, les inventeurs des capotes, de la pilule, de l'ivg, merci Simone, mais cela n'a pas suffi.

Gardons espoir, il y a désormais GRETA, pas Garbo du tout d'ailleurs, et les guerres pour sauver notre planète qui s'étiole un peu plus vite à chaque fois qu'un nouveau-né apparaît en poussant son « ouiiiiiiin » strident qui nous pète les oreilles pire qu'une sirène d'alarme de Mercedes, des fois qu'on n'aurait pas compris le message que chaque naissance, représente un nouveau danger pour l'écologie !

L'économie, elle, ne veut pas supprimer la manne que représente ces petites têtes blondes ! Surtout pas ! Elles sont la source de la plus grosse part de notre consommation ! Du premier jour au départ de la maison, jusqu'à notre mort, entre les couches, le lait, les lingettes, les litres de crèmes, les tonnes de vêtements, les poussettes, la pharmacie, les jouets, livres et doudous, les études, le permis, les mariages et le babysitting, les divorces, une bonne partie de l'économie mondiale s'écroulerait rapidement si nous avions seulement la moitié des enfants actuels sur Terre à entretenir…

Bref, il ne nous reste plus qu'à compter sur les américains débiles psychopathes en mode « Délivrance » qui les font par treize pour les attacher au lit et leur faire la même coupe de cheveu que Mirelle Mathieu !

Heureusement, les contraceptions et la trombine peu engageante de beaucoup d'hommes et de femmes nous aident également à sauver une partie de notre espace vital, c'est la participation de dame nature ! Je vous le dis depuis le début, mieux vaut en rire, et l'humour, c'est meilleur quand ça pique, comme la sauce chinoise et l'amour 5 fois de suite sans lubrifiant (ça, c'est fait, mais comme disait les romains, « dura Lex Sed Lex », merci, Jules).

Là, à cet instant béni, pendant ce lourd silence intérieur parce que les lecteurs de Psychologie magazine se sont égarés devant cette prose terriblement chargée en ondes négatives anti-gosses entre deux amandes grillés sans sel et la séance de reiki avant d'aller laver les couches en tissu à la main, histoire de se sentir en phase avec notre grand-mère en 1889 (je suis passée par cette phase pipi caca Ruffo malheureusement), je disais, pendant ce lourd silence des adultes coupables de trouver ça tentant de congeler leur mômes, je réfléchis...

J'aime mes gosses, génétique ou hormonal, je ne sais pas d'où ça vient, mais il y a quand même des motivations mystérieuses qui sauvent l'humanité, un bidule qui switch notre cerveau au moment où les hurlements du gamin nous vrillent le tympan et nous évite d'abandonner nos gosses un soir, par terre, sur un trottoir, avec le sac nounou, et de nous barrer en courant super vite pour ne pas rater le couvre-feu de 18H00 et notre apéro en solitaire !

Tout s'arrête dans notre dessin animé personnel intérieur et finalement, non, on ne le laisse pas sur le trottoir en lui jetant un petit écolier noisette...non, on embrasse ce petit front gluant aux cheveux collés qui sentent la peau moite après le sport, et on file discrètement se bourrer la gueule au Martini, blanc avec citron svp, on met notre casque B ta mère et on regarde netfisk ! Alcoolique, certes, indignes, jamais ! On est passé à un poil de Cavalier King Charles du fait-divers sordide !

Je vais donc vous laisser vous y retrouver dans ce joyeux bordel que je viens de mettre dans votre conscience, l'ange ou le démon, on le berce près du four ou on le congèle, liberté chérie ou baby shower party, sexe à la demande ou ventres qui pendent, cheveux gras en chignon tous les jours ou épilation parfaite, cours de zumba avec les copines ou division euclidiennes....

Préparez-vous, car la prochaine fois qu'un chauffeur de bus vous dira « la place de devant est pour vous madame, c'est pour les femmes enceintes », ce sera parce que vous aurez tellement picolé que votre bide aura repris sa forme des 5 mois de grossesse et que vous attendrez des jumeaux, st Joseph et Riesling !

Heureusement, en 2021, il y a encore des pays qui ne font pas semblant, où les enfants se vendent contre du sel, pour un job dans les mines, pour des bordels en Thaïlande ou kidnappés pour être soldats forcés à 11 ans ! Au moins, ils participent à l'économie de leur beau pays et ne feront pas des retraites en plus ni d'empreinte carbone !

Alors comme dit notre Manucron, « Make France great again » ! Allez les gamins : à la mine ! Quand les parents rentrent du boulot, vous préparez l'apéro pour 18H00 nom de dieu sinon, ce seront les rizières ou les mines de sélénium ! Non mais alors !

Pour résumer ce chapitre scientifiquement irrévocable, grâce aux enfants, nous avons réussi à brosser un portrait plutôt fidèle de ce qu'une femme QUINQUAGéniale doit supporter. Tous ces éléments perturbateurs endocriniens nous ont offert, bien involontairement, le pire et le meilleur, puisque toute douleur sans péridurale nous apprend à rire, et à survivre.

Mes chers enfants, je vous aime, quand même, comme si vous étiez les miens, ça tombe bien !

Pour conclure sur une note positive, chers adultes stériles ou sans enfant par choix, je partage avec vous par sublimation l'indicible bonheur de vos 24 décembre dans la solitude feutrée et poétique de votre petit salon, la coupette de Ruinart à la main, seuls, sans aucun séisme familial qui puisse briser cette sérénité bucolique dont nous rêvons toutes un jour, surtout vivant l'enfermement obligatoire depuis 6 mois avec la faune et la flore que nous avons pourtant fait pousser en pot et à cause du virus de mes deux...ovaires. Voilà, ça, c'est fait !

Synthèse, analyse
et...quoi encore ?

En général, à la fin d'un chapitre, on trouve des analyses ou des chiffres ! Eh bien, mes amies, mes poteaux, la seule analyse possible après avoir refait le portrait au vitriol de nos familles, c'est que ce qui ne tue pas rend plus fort !

Je ne doute donc pas un instant que nous soyons très nombreuses à avoir force et honneur, car quand je reluque les familles des autres, armée de toute la malveillance habituelle des femmes d'expérience qui voient toujours l'herbe plus morte de l'autre côté, il y en a de l'atavisme autour de moi, et ceci me met en joie : car c'est bien dans ce terreau imparfait que poussent les plus belles fleurs de bac, comme disait Ghandi au jardin !

Félicitations, chères congénères survivantes aux familles bordéliques car leurs imperfections sont nos talents ! (Et merdum aux familles « Barbie et Ken » qui ne boivent pas, ne fument pas, ont des enfants parfaits et vivent dans leur maison avec piscine et un berger australien qui apporte les pantoufles à papa au pieds du lit, les AVC sont les mêmes pour tout le monde passé 40 ans, na !).

LIVRE II

Divorcée, délivrée,
je fais du bonnet C !

Préambule

Les 50 années passées sur Terre d'une femme qui arrive à cet âge unique du « par encore morte et plus assez bête pour se remarier », ont été remplies de tant de révolutions intérieures et d'évènements extérieurs que la matière pour en rire est juste là, devant nos yeux, dans nos albums photos de mariage, de naissances et de divorces !

Nul besoin de psychothérapie comportementale ou d'antidépresseur, il suffit de faire sa rétrospective intime, un retour sur les années les plus riches, avec nos familles, cinq mariages et tous les enterrements, et de balayer du regard toutes ces années des bouleversements, de grands moments de bonheur et de jolies crises, bref, nos trente glorieuses à nous, celles qui nous ont valu nos rides, nos cheveux blancs et nos dents qui bougent ! En voiture Simone !

La mariée est en écru,
elle va quitter son élu !

Unis pour la vie ?

Ah ! « C'était mieux avant », chantait Francis ! Le bon temps des 20 à 50 ans, le temps des amours, du sexe, des capotes et des études, des rencontres, et puis des mariages, ratés ou non, des naissances, ratées ou non, c'était le temps des nouvelles tous les ans dans les familles et des occasions de faire la fête ! A l'époque, quand on croisait une cousine ou une amie, on demandait « alors, quoi de neuf ? tu te maries ? tu es enceinte ? » alors qu'aujourd'hui, c'est plutôt du genre : « alors, tu as fait des mèches pour cacher tes cheveux blancs ? tu as fait ta mammographie et tu n'as pas de cancer ? sinon, ta ménopause, pas trop chiant ? ah mince, ton mari est mort ? tu as gardé son chien du coup ?».

Souvenez-vous, gente dame, vous avez vous aussi connu les ribambelles de mariages les uns après les autres car c'était l'âge des rencontres « stables » et « sérieuses » qui se terminaient devant les maires et les prêtres, sapés comme à Cannes pour descendre les marches et prêts à boire des litrons en un temps record en pensant « à quand mon tour ? » parce qu'on avait trente ans et toujours ni mari ni enfant.

Le mariage dans les années 90, c'était parfois l'image du mariage pour la vie, le grand amour jusqu'à la fin de nos jours, ce genre de bêtises quoi ! Mais parfois, c'était beaucoup plus drôle, et c'est dans ces moments-là que je me suis surtout éclatée, mais de rire !

Les filles, souvenez-vous, les mariages à la mairie avec les témoins encore ivres morts de l'enterrement de vie de garçon qui arrivent en retard, la fête à 200 personnes à Colombier MONCUL (si, ça existe, c'est là que j'avais fait ma soirée de mariage, comme quoi le destin donne toujours des indices sur ce que nous réserve l'avenir), au fin fond du monde, quasi introuvable, que les mariés avaient dû mettre des panneaux en cartons à chaque coin de route pour trouver la salle au milieu des champs pleins de boues, les menus écrits sur des papiers imprimés fleuris Marie INGALLS, des plats congelés mal réchauffés et du picrate qui tue l'estomac et les neurones, les « ticadicatam, au bal, au bal masqué ohé ohé » ou les « on va s'aimer » de pépé Montagné ! » avec mamie sur la piste de danse crasseuse qui colle le champagne et les choux de la pièce montée, le DJ qui met de la musique de

Merdouille et qui le sait puisqu'il a mis ses casques et écoute de la bonne zique tout seul !

Les mariés qui s'engueulent au vin d'honneur parce que le marié a invité son ex et que c'est déjà la baston sur le parking, et les discours bien nunuches, les PowerPoint avec les photos des mariés sur le pot à 2 ans, les couples qui se forment devant les WC qu'ils ne se souviendront de rien demain et c'est mieux vu qu'ils étaient cousins, et les autres couples qui pleurent pendant l'échange des vœux parce qu'ils ne se parlent plus depuis vingt ans qu'ils attendent de les voir exaucés en vain, les jalouses qui s'arrachent le bouquet alors qu'elles feraient mieux d'arracher leur robe tellement elle est ringarde, la photo de groupes, ceux qui font les oreilles de lapin à mamie et ceux qui mettent un doigt dans l'oreille du marié, la fontaine de champagne et la pièce montée, et boire, boire, manger, manger, manger et boire et danser et chanter et....tomber.

Tout ça pour 30 000 francs à l'époque, pour préparer le découvert commun et les dettes, le lendemain finir les restes avec les survivants, puis envoyer les remerciements pour le couteau électrique, la friteuse, les jolies cuillères en argent sculptée version rurale, et les sous pour le voyage de noce, finalement le seul cadeau qui fasse vraiment plaisir !

Sachant qu'un couple sur 2 divorces, vous imaginez jouer au loto pour 30 000 balles avec une chance sur deux de gagner soit la joie de l'amour transcendant sensuel et la vie de Charles et Marie INGALLS, soit le divorce à 2000 euros et le chiard en couche en prime à gérer toute seule une semaine sur deux ?

 C'est à peu près le jeu dangereux et très aléatoire auquel nous jouons en nous mariant, normal qu'on ne recommence pas deux fois la même erreur en général, sauf les riches, bien évidemment, ils ont un frère avocat et une boniche à la maison pour les chiards, eux !

Pourtant, il en reste toujours quelques-uns, des couples qui restent mariés, partageant tout et surtout les emmerdes et les couches, les familles à supporter pour les réveillons, et des petites soirées séparées chacun de son côté chez des amis pour survivre sans tuer l'autre, parce qu'il ne ferme JAMAIS le placard de la cuisine pour qu'on s'ouvre le crâne en relevant la tête du lave-vaisselle dans lequel nous sommes plongées puisqu'on est une FEMME et que c'est notre domaine d'expertise, la vaisseeeeeelllle ! (Bon, je me calme).

Ou comme pour moi, jeune innocente, à vivre avec un pêcheur invertébré qui n'est jamais là le week-end, pendant que la bibiche que j'étais à l'époque pensait que c'était bien de faire les courses et la cuisine après le ménage, parce que ça devait sûrement être ça, le mariage, pendant que pépère, il était au soleil en bottes caoutchouc géantes avec ses poteaux en train de taquiner des pauvres poissons qu'il n'allait même pas ramener à manger.

C'était mon moi à l'époque : faire un chignon mémère et acheter des pulls en laine noirs, des jupes noires, des collants noirs, qu'à 25 ans la grand-mère corse de mon beauf m'aurait déjà remisée dans la cuisine tellement elle aurait cru que j'étais une veuve éplorée à la suite d'un accident de chasse de son mari.

Boulot, métro, dodo, frigo, vaisselle, ménage…le cercle vertueux et maléfique créé par et pour les maris « heureux » rétrogrades ! Je m'y étais enfermée toute seule, pensant que c'était comme pour le permis, qu'il fallait suivre les lignes blanches par terre et ne pas doubler.

Puis un jour, une copine qui m'emmène en « boîte » parce qu'elle a 40 ans et qu'elle, elle voit bien qu'on est paumée dans un personnage de série de 1914 pour bien faire plaisir à tout le monde sauf nous, mais qu'on ne le sait pas encore.

Et paf, bim, cling, string ! A 25 ans, je découvre les sorties, la jeunesse pas vécue, pendant que les truites s'amusent avec le mari, la mariée s'amuse avec ses copines, elle picole, un peu, beaucoup, mais surtout elle se marre tellement qu'elle a l'impression d'exister !

Voilà, là, c'est toujours le drame ! La jolie petite mariée commence à avoir envie d'un enfant, ou pas, de se voir vieillir à deux, ou pas, de faire la cuisine ou pas, et les « ou pas » prennent de la place dans sa tête de nana en plein développement personnel comme disent les « coachs » à deux sesterces !

Le début de la fin et la fin du début, à vous de voir de quel côté vous étiez !

Voilà pourquoi je ne m'étends pas plus sur les mariages, cet épisode chantilly robe blanche et rêves de princesses parce que quand j'écoute notre Gilbert universel, mon cerveau tordu de rire ne peut s'empêcher de trafiquer ses magnifiques paroles et j'entends en fait : « on va saigner, des dents, des yeux et puis aussi du nez, on va saigner sur nos deux oreillers ! ».

Allez, je respire, je me prends trois doses d'aubépines et deux verres de punch coco !

Heureusement, il n'y a pas que les mariages, il y a les divorces aussi, et la vie qui redémarre normalement, libre et libérée, retrouvant son nom à soi et pas celui d'un autre : oui, pendant les années où l'on était l'autre, celle qui avait perdu son nom, et qu'on ne se levait même pas dans la salle d'attente quand on nous appelait Madame Martin ! Bah non, on s'appelle par Madame MARTIN, ça fait 25 ans qu'on a bien appris son nom, on le connaît quand même, et puis c'est le nom de sa mère à lui, pas le mien, je ne suis pas sa mère non plus, hein ? ! Stoppons là la schizophrénie du mariage et passons directement à ce qui est vraiment intéressant : les divorces, une autre bonne nouvelle pour toute la famille !

Désunis, c'est la vie !

Libérée, délivrée, je fais du bonnet C !

Voilà ! Neuf mois après le mariage, le joyeux couple vous annonce l'heureuse nouvelle : il divorce !

Là, c'est le bonheur, au tribunal, l'avocat s'appelle Maître GAGNANT, fallait l'inventer celle-là, pas besoin, c'est du vécu, du vrai ! Et le juge arrive avec un stetson et des santiags, un cow-boy lyonnais qui nous demande si on n'a pas un peu d'anecdotes croustillantes à lui offrir parce qu'on est les premiers divorcés du lundi matin et qu'il s'ennuie ! Une infidélité monsieur ? Madame ? Même pas ? Pff, il est dépité le gars, alors que nous, on a notre Gagnant qui a bien ficelé le dossier et qu'on veut juste une signature et ciao bello ! Tout ça aussi c'est vrai ! Quand je vous dis que la vie est un rêve éveillé pour les humoristes attentionnés !

Puis la suite classique, déménagement rapide, je lui laisse le couteau électrique pour découper les truites, il me laisse l'aspirateur et le balai, mes meilleurs alliés pendant le mariage, et je rentre alors dans le club des trentenaires divorcées sans enfant des années 90, digne de « Toute une histoire » !

C'était encore une ère où il fallait ABSOLUMENT être en couple pour être « normale » ! Ni vieille fille ni repoussoir à mecs, et il fallait aussi forcément avoir des enfants ! Sinon, nous n'étions plus des femmes, au rebut, pas de ça chez nous, espèce d'intouchables ! En réfléchissant, les Pouilles italiennes profondes du Nom de la Rose, n'étaient pas si loin de nous !

Du coup, les affamées, joyeuses et incomprises, nous qui ne voulions ni enfants ni second mari, maquillées paillettes et parfumées à tuer des moustiques, les collants brillants couleur chair, les jupes moulantes bleu électriques, on balançait du lourd ! On vendait du mauvais goût sans aucun doute, du rêve, un peu moins ! Ah, ah, ah !

On arrivait en ville comme la bande à Bono ou la big bazar selon les soirs, et pschitt ! Plus un mec à l'horizon tellement nos yeux sentaient la liberté, le sexe et l'ovaire qui fristouille !

A l'époque, pas de ME TOO ni de balance ton cochon, nous étions pour les blaireaux, juste des nanas « en chaleur » parce qu'on avait arraché le bas de notre robe de mariée en dentelle blanche pour en faire une minijupe super sexy !

Les jugements assassins nous étaient cordialement offerts - avec le numéro de cousin machin qui est célibataire et « qui a un travail et il est sérieux » – par notre famille à chaque réunion de la tribu bienveillante et inquiète de nous voir si heureuse dans cette nouvelle vie totalement « anormale ».

Une fois les premières années de deuil officiel du mariage passées, les parents, perturbés de nous voir si heureuses divorcées, les cousines enceintes du troisième nain, jalouses de ne plus pouvoir aller en boîte draguer comme nous, il était sûr que nous allions recevoir des douceurs au kilo dans les gencives :

« Tu sais, je te dis ça, c'est pour ton bien tu sais que je t'aime, mais, quand même, depuis tes 25 ans et ton divorce, il s'est passé déjà 5 ans !! Tu as plus de 30 ans et tu n'es pas en couple ni maman ?? Tu es goudou ou invivable ou pire, tu es une chaudière ou quoi ? Tu sais si tu continues, tu vas t'habituer à vivre seule et tu ne supporteras plus personne, et un jour, les cheveux blancs et l'arthrose en plaques, tu regretteras de ne pas avoir fait le bon choix, comme moi ! Kevin, arrête de taper la tête de ton frère, nettoie le sang avant qu'il tache le tapis ! ».

Dans ces années 90, je pense que c'était le vrai bonheur intérieur, mais il ne fallait pas trop le montrer. Être une femme divorcée sans enfant avec un job, un appart, des copines, quelques aventures d'un soir et qui trouvait ça super, mon dieu quelle égoïste !

En y regardant de plus près, c'était l'opposé d'aujourd'hui : l'égoïste ne faisait pas d'enfant, alors que maintenant, c'est celui qui en fait parce qu'il veut donner de l'amour à un petit être sans défense qui devient égoïste face à dame nature et à la surpopulation endémique de la Terre, et que j'en ai la preuve d'abord parce que j'ai tout vu sur National géographique !

Mais moi, vous, nous, les femmes qui ont pris ses phrases dans les dents encore blanches du premier divorce sans mutuelle, nous n'avions plus peur de rien ! Nous étions les reines pour leur sourire et les fuir, tous ces ennuis et ces jaloux, et filer profiter de notre liberté chérie autant que les mecs du même âge qui voulaient la même chose pour une fois !

Pour celles qui avaient divorcé mais avec enfants, heureusement, il y avait la garde alternée, et ses joies ! Dans ce cas, les week-ends libres s'espéraient pendant quinze jours, avec excitation et mystère car ils n'appartenaient qu'à elles, et à la seconde où la porte se refermait sur l'appartement sans les petits bouts qui crient, le vieux survêtement pourri noir troué de mites tombant à leurs pieds, les horribles poils disparus, les dessous ASSORTIS d'un coup apparaissaient miraculeusement sur leur corps de déesse ! C'était le « VENDREDI SOIR » une fois tous les quinze jours !

En guise d'hommage aux femmes divorcées avec gamins, j'ai décidé de fêter ces vendredis uniques, et rien que pour vous, j'ai détourné une chanson : mettez en fond la musique de « ST CLAUDE » de CHRISTINE AND THE QUEENS, pour mieux profiter. C'est parti, un vendredi soir, de femme divorcée avec enfants, ça ressemble parfois à ça...

La chanson des divorcées

« Saint JO ! » (Déformé par Sessile)

C'est vendredi soir,
Je rentre du taff et j'ai la barre,
Je roule si speed, speed, speed,
Une vieille, je pile, pile, pile,

C'est la bonne semaine,
Celle où je souris, j'suis la reine,
Fini le spleen, spleen, spleen,
Du jaja, tchin, tchin, tchin,

Un week-end sur deux, yes !
C'est la joie j'en ris des fesses !
Les kids filent chez leur géni- teur,
Chuis Bridget Jones, c'est le bonheur,
Bruno Mars tabasse à fond,
Mon string s'envole colle au plafond,
Les voisins sont moroses,
Je m'en fous de leurs névroses...

J'vais pas rester seule
J'vais pas rester seule
Ouhhh ouhhhh
C'est impossible de se bourrer à l'eau,
L'alcool, ça fait croire que Macron, il est beau !

La petite robe du soir,
J'rentre dedans, j'garde espoir,
Je suis une fille, fille, fille,
Les paillettes brillent, brillent, brillent,
Epilée du pubis, j'suis toute légère,
Mais ça gratte, ce string, string, string,
J'suis sexy bling, bling, bling,

D'ordinaire ce sont les lessives,
Là c'est hot mon mec arrive,
Que la fête du slip commence,
Du fun on va entrer en transe,
On s'câline on kiffe notre chance,
Pendant que les cons s'grattent la panse,
Pour que la fête commence,

On ne sera plus jamais seul
On ne sera plus jamais seul
Ouhhh ouhhh

On est toujours plus heureux
Quand on s'emboîte tous les deux !
Ouhhh ouhhh
On n'est pas resté seuls
On n'est pas resté seuls
Ouh ouhhh
On a fini la tartiflette en amoureux,
Ça fait péter c'est affreux...

Pour que l'orage s'annonce,
Pour que l'orage s'annonce,
La tartiflette ça défonce,
Pour que l'orage s'annonce,
En amoureux c'est trop beau,
Mmm Mmm
Pour que la fête commence

L'un dans l'autre on fait lego,
Mmm Mmm,
Pour que la fête commence,

Pour que la fête commence,
Pour qu'la soirée soit intense,
Pour qu'on se sente en vacances,
Pour que la quadra s'élance !

On est plus lonely,
Pour que la fête commence,
On est trop sexy,
Pour que la fête commence !

Voilà, j'espère que vous avez mis la musique et que vous avez chanté ! Ah ! Ah ! Et même si c'était juste votre musique intérieure, je suis fière de vous ! Vous êtes QUINQUAGéniale !

Si vous vous êtes un peu reconnue dans cet hymne à la liberté, c'est que vous faites partie du club des femmes qui tabassent, qui allument, qui tempêtent et qui brillent de l'auréole des saintes sur l'autel de nos libertés ! (Bon, faut vraiment que je me calme moi, ou je vais finir dehors les seins à l'air devant la ligue des alcooliques anonymes avec écrit dessus : « j'aime le St Joseph, c'est meilleur que le St Estèphe »).

Attention, tous les vendredis soir ne sont pas idyllique, même ceux avec les « coupines ». Ils peuvent être aussi des grands moments de solitude pour certaines célib, inscrites sur tous les sites de rencontres, de gravooo à meetrik !

Que de souvenirs dans des soirées où des filles qu'on ne connaissait pas débarquaient avec leur tristesse en bandoulière, la frustration mutée en rage, et le neurone en difficulté que ça les rendait méchantes, mais pas pour rire, pour tuer ! « Femme déçue, femme qui tue ! » disaient les ninjettes du Japon médiéval en lançant leurs étoiles tueuses sur les fronts de leurs mâles ennemis...

Au cours de ces soirées-là, j'ai vu le revers des médailles, les couvercles qui ne trouvaient pas leur pot, bref, des nanas qui envoyaient du petit bois, de la caricature sans les attentats, alors une fois n'est pas coutume, allumons les poufs sur le bûcher des vanités, car après tout équité -parité, les femmes aussi peuvent avoir leurs clichés !

Et hop ! Voilà la petite scénette des poufs qui pouffent le vendredis soir : merci, les filles, la vie est belle grâce à vos ritournelles !

Je vous situe la scène, Acte Deux, scène une : « le vendredi soir ». Jennifer, une magnifique pouf appelle sa meilleure amie, Jessica. C'est l'appel décisif pour préparer la sortie du vendredi, (il y a mêmes leurs fautes de français, les poufs parlent une langue qui ne parlent qu'à elles, et pour vous, les profs, prévoyez une gouttière plastique pour éviter de vous mordre à chaque faute). Allez ! Séquence frisson ! C'est parti !

Les Poufs pouffent !

« Salut ma JESS, comment tu vas bien ? Bien ? bah c'est cool ! Moi ? Je vais pas du tout mais alors pas du tout ! En fait, je suis au fond du gouffe, oui du gouffe ma fille, je parle français voire même !

Vouiii, ma JESS, j'en chiale depuis ce matin, c'est la ST VALENTIN ce soir, ça fout en l'air tout ce que j'aime dans les vendredis de célibe !

Et puis j'en suis sûre, maintenant que j'ai trente ans, l'homme idéal, ça existe que dans GRAISSE ET ANATOMIE ! Et moi, ma JESS, j'ai la graisse, j'ai pas l'anatomie ! Du coup, bah ça y est ! J'ai craqué ! Je me suis mise sur un site de rencontre ma Jess, si, promis : il s'appelle MITRIK.

Mais non ma fille, c'est pas un site de sexe, pff, t'es bête toi alors, il s'appelle Mitrik, c'est slave je crois, russe, un truc comme ça. Tu me connais, je suis une fille sérieuse ma JESS, je suis pas Mylène Farmeur non plus ! Mylène Farmeur ? Ah peut-être. Tu vois qui c'est alors ? Voui, c'est celle qui chante "je, je suis libertive, je roule des patins" ! Voilà ! Oui ! Tu sais bien, elle a les cheveux orange, tu vois, pareil que quand j'avais mis de l'eau oxygénée sur mes cheveux trop longtemps !

VOILA ! Oui, c'est ça : c'est la chaudière qui courait à poil entre des baignoires ! Bref, ce n'est pas moi du tout ça ! Tu me connais !

Non, là, ma Jess, j'ai trouvé un site sérieux pour des rencontres sérieuses, avec des mecs triés sur les volets ! Si, c'est même écrit sur leur site.

Note bien, je ne sais pas pourquoi sur des volets, j'imagine qu'ils leur ont fait passer des épreuves, que celui qui arrivait à les ouvrir du premier coup et bien il a gagné ?

En tout cas il est surtout gratuit pour les femmes, c'est plutôt gentil ! Quand même, payer pour des hommes, je n'en suis pas là, hein ?!

Oui, ma JESS, j'ai mis une photo récente, une qui a sept ans, tu sais, celle où tu m'avais trop bien maquillée, toute pailletée, pour mon anniv sur les quais ? OUIII ! Celle-là même ! J'étais en XS à l'époque, maintenant je suis en S ! D'accord ma JESS, un bon gros S... mais je suis toujours moi !

Sur le site, j'ai bossé comme une dingue pour faire une annonce top, tu vois, mais tranquille, allez, je te la lis ma chérie : « femme active recherche homme actif, pour loisirs et plus si aspérités » ! C'est simple mais efficace hein ?

Mais attention, je te le dis ma fille, le premier qui me propose un scrabble ou un trivial sans poursuite, je lui pète les petites pattes arrière !

En plus, j'ai ajouté au cas où « loisirs, et plus si aspérités », c'est pour garder espoir ! Je ne peux pas me fermer pas la porte à l'amour, ma JESS ! C'est super clair comme annonce, je trouve ! MOUAIS ! Grave ! Merci ma Jess ! Moi aussi je t'aime !

Eh bien c'était tellement clair que dis-toi bien qu'en une semaine, j'en ai vu des réponses, surtout des mecs qui avait des têtes de tromblons ! Oulala ma pauvre, du moine des cheveux et du moche des dents ! La loose totale ma chérie ! Heureusement que je ne paie pas ! En plus quelquefois, ça me fait le régime quand je regarde les photos avant midi, vu leurs têtes de harengs, je peux te dire que je n'ai plus envie de manger, même du poisson !

Déjà, tu vois très vite la différence entre les moins de 40 ans, qui font encore des photos gros plan triceratops du bras droit, tee-shirt boys bande et sourire émail diamant, tu vois le genre, hein ? Eh pis bim ! Après 40 ans, tu vois des photos prises de très loin sur la plage, lunettes de soleil, leur bidon caché sous un tee-shirt du grau du roi ! Même pas t'as envie de zoomer, je te promets !

Ah ma Jess, il y aussi leurs pseudos ! Morte de rire ! A 25 ans, c'est du « coquinou26 » ou « stefsympa35 », tu vois, le classique qui ne fatigue pas à la création, c'est sûr !

Mais après 40, c'est plutôt « grosnounours47 » ou « gentiloulou 52 » : là, j'ai carrément peur ma Jess !

L'autre jour, j'ai même eu droit à un vieux, son pseudo c'est « petitcoeur60 » ! Bonjour la gériatrique ! Ah bah là, j'ai vite compris que les pauvres bonhommes, ils n'ont plus rien à offrir, même pas un compte chez l'écureuil, peut-être juste un tarot et un sourire, et encore, pas longtemps vu qu'ils ont la prostate ! De quoi se la prendre et se la mordre, ma JESS, de voir ce défilé d'ancêtres et de moches me dire « coucou, on peut parler svp ? » !

Bah ouai ma JESS, je suis déçue, déçue, mais bon ! Le pire, au fond, c'est que la plupart, ils sont obsédés : si, ma JESS, pas par moi, mais par mon pc, mon ordinateur ! Je t'explique : tous, ils me disent sur les tchatches « tu cherches un PC ? »

Bah moi je leur dis, je l'ai trouvé mon pc, mon gars, avec quoi tu penses que je t'écris, banane ! Ils répondent plus après ça. Je ne les comprends pas les gars !

…Quoi ma JESS ? Qu'est-ce que tu me dis là ? Naan ? J'y crois pas ! Un « pc », en fait, ça veut dire un plan cul ? AHHH ! Je suis trop blonde là sur ce coup, la gourdasse, je n'ai rien capté en fait !! Merci ma Jess, heureusement que tu es là ! On est trop complémentaires toutes les deux !

Moi la beauté, toi le cerveau ! On aurait dû être sœurs, ça aurait été plus pratique pour se connaître jeunes !

Tu ne sais pas, mais hier, j'ai eu une lueur d'espoir, parce que j'ai pu tchatcher avec à un type, genre rital, la chaîne dans les poils, le jean troué et le polo de la Juventus, le kit complet, quoi, ma JESS. On s'est vus, dans un parc en plein jour, comme tu m'avais dit de faire pour éviter les psycopites, et là, ma Jess, il avait le regard, tout vide, même mon chien quand il dort il a plus de vivesse dans les yeux ! Bref, je suis polie et j'ai payé le bus alors je m'occupe : je lui demande pourquoi il aime les quadras ! Tiens-toi bien, tiens-toi mieux, il me répond : « Quadras ? bah essence ou diesel, c'est des voitures qui tiennent bien la route quoi !! » Ah ! Ah, bah voui, ma JESS, il ne connaissait même pas le mot, quadra, ouais, quadragéniques ! Le looser total quoi ! Tu sais toi, ma cop, si j'aurais eu un euro à chaque faute de français des autres, je serai été riche aujourd'hui qu'on boirait du Renarte à Monaco !

Après toutes ces émotions, et pour finir de tuer mon moral qui n'était déjà pas top, j'ai fait le tour des annonces une fois rentrée chez moi : quand j'ai lu les annonces et vu les photos, j'ai cru que je m'étais trompée et que j'étais au rayon des voitures d'occasion sur le bon coin…

Non, je ne pleure pas, ma JESS, je mouche, mais avoue que c'est impossible de trouver quelqu'un de pas trop cabossé ! Il y a des annonces, on dirait qu'ils ont confondu avec la SPA pour adopter des vieux chiens ! Mais si, trop vrai !

Je t'en lis une, tiens, écoute : « dans la fleur de l'âge et plein de curiosité, le cœur ouvert comme le reste, physique agréable, je recherche ma moitié pour combler les vides de ma vie ». Ça calme direct ! Quoi ? Tu trouves qu'elle est sympa comme annonce ? Non mais attends, ma chérie, je t'explique le message sublianal que tu ne vois pas et qu'il y a en dessous des mots !

« Dans la fleur de l'âge et plein de curiosité » : ça veut dire qu'il est vieux mais il n'a rien fait de sa vie, ni voyages, ni cuni, ni sushi, nada !!

« Le cœur ouvert comme le reste » : bonjour le poète !

Le reste, il parle en fait de ce qui est en dessous de la ceinture ma pauvre, c'est dégueulasse !

« Physique agréable » : c'est qu'il est moche, c'est pour ça qu'il n'y a pas de photo !

Bah moi, ma JESS, non, je ne pleure pas, je sniffe, non, je ne suis pas un pot qui cherche son couvercle ! Ni un pot à tabac, même si je fume ! Ni un pot de chambre, même si j'aime dormir ! Non mais merde à la fin !

J'en ai marre d'être le bouc hémisphère pour tous les frustrés impuissants gras du bide et chauves qui se plaignent de leurs ex ! Je ne suis pas habillée comme un sac de nœuds, et je sais voir midi à ma fenêtre, j'ai un cerveau quoi !

J'ai droit à l'amour avec un beau mec putain, comme tout le monde sur M6 ! Et puis à la St Valentin, on a que les restes des autres filles, des gardons aussi appétissants que les sardines de Patrick Sébastien !

Bon du coup, j'ai attrapé les vers de mon chat, ma JESS, j'ai les boules ! Pour ce soir, je ferme tout et on sort ma JESS d'accord ? SUPER ! D'abord, on se fait belle, je m'épile les touffes, je me karcherise, et on va draguer en réel ma JESS ! On va où ? Au YAKAPAS ? C'est quoi ? Un bar avec des vrais mecs, des djeunz, du poil, de la bière et des groupes de musique qui crient ! ALLEZ ! ça changera du KK et des bourgeois qui brillent dans le noir avec leurs cartes bancaires dorées ! Je mets le rosé pamp au frais et je t'attends ! Allez zou ! Ma chérie, je sens la victoire des dessous de bras, je file à la douche, tu m'as remis le moral en face des yeux !

A TOUTE ma chériiiiie ! " je, je, suis liberti-veuh, je n'aime pas le gratin !".

LIVRE III

Avant le télétravail,
On allait au boulot !

Au temps des dinosaures

Avant le trop vide covid, il y avait un vrai monde, un vrai travail, des vrais patrons et des collègues en 3D bien méchants, la vraie vie qu'une jeune femme découvre avec son premier job !

Pour ma part, en amour ou au travail, mes goûts et mes sélections se sont affinés, forgés par les expériences malheureuses des pierres du passé sur lesquelles nous avons poussés... (merci Calogero, minute émotion !).

J'ai commencé par ce que je pourrais appeler un « stage de préparation au travail », avec mon oncle adoré, celui qui avait l'humour comme ses lunettes et son café, noir. J'étais en intérim l'été, dans le centre administratif d'une banque où il travaillait depuis avant les dinosaures, dont je tairai le nom vu qu'elle ne m'offrira jamais de crédit gratuit mais plutôt un procès si elle lit ma prose.

Je le confesse, j'ai eu la chance de faire partie de la génération qui, en 1992, pouvait faire des missions intérims avec « tonton dans des entreprises qui géraient les congés de leurs salariés en prenant des intérimaires triés en famille. Voilà l'histoire de ce premier contact avec un monde dit du « travail ».

Mon premier job :
des vacances !

Pour pouvoir travailler avec tonton dans un environnement privilégié, il fallait quand même des diplômes et un entretien, mais, bon, quand on était propre, qu'on parlait bien et qu'on commençait à connaître WORD et EXCEL, ça suffisait ! (Je rappelle pour les générations Y et Z qu'il n'y avait ni téléphone portable pour appeler sa mère ou mettre son GPS pour aller aux WC, ni internet pour trouver les réponses aux questions de notre supérieur) !

Le centre administratif où j'ai travaillé en été a été fermé depuis, pas rentable, et pour cause, vous verrez ensuite pourquoi, sachant qu'en guise d'indice, l'arrivée d'internet n'a pas été la seule fautive en termes de rendement.

En fait, c'était la franche rigolade, à tous les étages ou presque, le haut lieu de la solidarité et de l'entraide, du partage des tâches mais tranquillement, et j'y ai essentiellement appris à boire du vin rouge à midi, de la poire dans le café arrosé à 14H00, à faire des buffets tous les deux jours pour fêter les arrivées des nouveaux, le départ des nouveaux, les mariages, les divorces, les décès, les naissances, les anniversaires, les fêtes, et même les nouvelles voitures ou les nouvelles friteuses !

Oui, tout était bon, comme dans le cochon, du moment que c'était une excuse pour baffrer en picolant, pour déplier la longue nappe en papier blanc sur les tréteaux au fond de « l'annexe », la pièce soi-disant secrète où en réalité tout le centre qui comptait 300 salariés, chefs y compris, s'y retrouvait « en secret » en alternance, pour fêter, avec alcool, n'importe qui si possible et n'importe quoi assez souvent !

J'ai découvert cet endroit béni pour les jeunes universitaires en cours d'études qui n'ont pas encore mis un pieds en entreprise, car il s'agissait finalement d'un lego world du monde du travail, en plus mimi, plus joli, plus gentil, assez peu réaliste du stress et de la pression du vrai monde du travail, mais illustrant parfaitement ce que les trente glorieuses avaient laissé derrière elles de structures un peu obsolètes où la joie des salariés et les résultats semblaient être conjoints sans friction car noyés dans le jaja, le fêtes, les gâteaux et le rythme de travail à la corse qui préparait les futurs retraités très progressivement.

Une description détaillée s'impose pour décrire le rêve que j'y ai vécu, tout ceci étant totalement surréaliste aujourd'hui, surtout au vu de l'enfer que vivent encore aujourd'hui nombre de salariés qui souffrent au travail, lorsqu'ils en ont un.

Lorsqu'on arrivait, on voyait en premier les barrières de sécurité, et le poste de garde, avec des gardes très gentils, puis on découvrait plein de grands bâtiments des années soixante, oranges et rouge, aux rideaux flétris en tissus usé pendant aux fenêtres, baignées du soleil intense du mois d'août. Dans tous les bâtiments, on pouvait entendre les cliquetis de toutes ces petites fourmis qui tapotaient sur leurs téléphones, leurs ordinateurs, mais surtout, et c'est ce qui m'a marquée, le doux ronronnement des collègues qui parlaient, tout le temps ou presque, dans les bureaux, les couloirs, dans les allées fleuries entre les blocs, bref, c'était joyeux et vivant.

C'est avec mon petit regard apeurée d'étudiante qui pensait que le travail, c'était la schlag, le goulag, les kolkhozes, et que j'allais être frappée si je ne suivais pas le rythme pour un bol de riz nature à midi, que j'arrivais pour mon premier jour.

Forcément, tremblante de crainte de faire honte à mon tonton, je me suis présentée avec lui à mes côtés, me servant en quelque sorte de visa pour franchir la frontière vers Disneyland. J'ai cru que j'hallucinais lorsque j'ai été accueillie par tous ces sourires et cette gentillesse des collègues de mon oncle, qui, lui-même, avait beaucoup d'amis et était connu pour sa propre douceur de caractère.

Des bises à « la nièce à tonton », à tour de bras, dès l'arrivée, la visite sécurité, tranquille, le centre était immense, tout le monde marchait donc aussi lentement dans les passages que dans les bâtiments. J'avais mon propre bureau, avec un ordi, une imprimante et des crayons ! A peine avais-je fait toutes les formalités administratives et la tournée des bises interminables, que c'était déjà 16H20 et la fin de mon premier jour !

Je ne me suis pas ennuyée, j'ai failli parfois, car le rythme était très très zen… Et la seule fois où j'avais travaillé vite et bien, j'avais eu un petit rappel à l'ordre, assez surréaliste pour moi : un jour où l'on m'avait donné à trier des chèques de banques, avec le petit bouchon de doigt plastique à picots comme en couture, j'avais eu le malheur de trier trop vite… En deux heures à peine, j'avais fait le travail d'une journée, mais je ne connaissais pas les accords signés par les syndicats avec la Direction, n'oublions pas que je n'étais qu'une intérimaire qui voulait faire honneur à son tonton. Je venais donc de finir de trier un carton plein de chèques, et, pleine de bonne volonté et d'autant de naïveté, je m'en vais voir le chef de l'étage pour lui en demander un autre pour avancer le travail de l'équipe.

Une petite dame d'un âge certain s'approche de moi, me sourit bizarrement, et, me prenant le bras, elle m'emmène doucement mais fermement dans le couloir.

Là, d'un air grave, elle m'explique qu'elle ne veut pas perdre son job à cause de la nièce à tonton, même s'il est gentil !

Je n'y comprenais plus rien : elle me précise que « casser les rythmes de travail si chèrement acquis par des années de luttes syndicales en travaillant trop vite devant tout le monde et surtout les chefs, non mais ça ne va pas la tête hein ? » C'était ma première expérience syndicale, et depuis, j'ai régulièrement été surprise par certains aspects du syndicalisme, c'est une constante qui fait partie de ma vie professionnelle !

Une fois mon étonnement digéré, j'ai repris mon travail, mais cette fois très, très, doucement, et la dame, rassurée par mon rythme de croisière désormais validé par le groupe d'un sourire carnassier, m'a déposé alors un café, un sucre, et un petit livret de mots fléchés, en m'expliquant que c'était pour les moments où j'aurai besoins d'une petite pause pour éviter le « nervous breakdown », pas parce qu'on irait trop vite, mais parce que parfois, on s'ennuie, mais on sauve des vies ! « Pis ça cultive de jouer avec les mots », ajoute-t 'elle !

Merci madame, lui dis-je, et ce fut là mon second jour dans cette île de zen au lieu du camp de la mort que j'avais imaginé.

Mon oncle, lui travaillait au service technique logistique, en bleu de travail, avec les gars, les vrais, les techniciens réparateurs de tout, sauf de ce qui servait vraiment, comme les téléphones ou les ordinateurs !

Il y avait là une brochette de jojos rigolards entre 45 et 65 ans, en combi bleue graisseuse, aux blagues plus que douteuses en la présence d'une jeune fille de 18 ans, aux calendriers de femmes à poils de 1975 jaunis au fond de l'atelier, et dont l'un d'entre eux bégayait fortement, ce qui offrait chaque jour au moment des mots croisés du Progrès une franche partie de rigolade commune car le bégayeur, peu susceptible, aimait à faire rire ses copains, tout le monde était content !

Son jeu préféré, c'était de commencer sa phrase et de bloquer sur un mot, et là, tout le monde y allait de sa proposition pour compléter les mots de la fin : « l'autre jour, ma femme m'a acheté un blouson en cuir sans...sans...sans. »

« Cent balles ? » balance l'un,

« Cent cinquante balles ? » dit l'autre,

« Sans manche ? » essaie un autre,

« Non ! sans ...me le dire ! » finissait notre jojo bègue ! Tout le monde éclatait de rire, bref, j'allais au travail avec entrain et le sourire aux lèvres !

Chaque jour apportait son lot d'étonnement à mes yeux de gamine de 18 ans : il y avait les retours d'intervention techniques surprise, comme lorsque les deux Roger et Robert se sont pointés morts de rire en se tapant sur les cuisses, après avoir réparé un peu trop vite un ascenseur bloqué...volontairement.

Certes, l'ascenseur était bel et bien bloqué, mais voilà, c'était un acte intentionnel, car il y avait deux salariés dedans, bloqués « volontaires », qui n'avaient pas vraiment prévu une intervention aussi rapide, et n'avaient pas pu se rhabiller entièrement avant l'ouverture brutale des portes à coup de pieds de biche devant les deux techniciens rouges de rire face aux deux autres, rouges de honte !

Un autre jour, et je me doute bien que l'oisiveté étant la mère de tous les vices, entre deux chèques triés, les couples se formaient ou se déformaient plus vite que sur Celiblyon.com, les gardiens nous avaient appelés au poste de garde pour voir un film « très sympa », en direct avaient-ils précisé...

En arrivant, je constatais que les caméras vidéo permettant de surveiller les parkings et les issues des bâtiments offraient un spectacle tout à fait inattendu, qui choqua la jeune femme que j'étais : un couple interdit de collègues mariés par ailleurs avait décidé de lustrer méticuleusement à leur manière le capot d'une voiture au fond du parking derrière les arbres, se croyant cachés de tous sauf... des caméras, des gardiens et donc, de notre fine équipe !

Pour fêter ce genre d'interludes qui nous avaient occasionné du rire à m'en faire décrocher la mâchoire et me faire des courbatures aux abdo, c'était ensuite l'heure de la cantine de luxe, la bouteille de Crozes sur un plateau pour la tablée, des entrées, des plats, fromages et desserts à foison, et je me sentais au restaurant du camping trois étoiles de Loctudy au lieu d'être au travail !

En plus, après le dessert, les anciens devaient retourner « à l'usine » parce qu'il fallait « prendre du souci », mais pas les jeûnes, nous, les « enfants ou nièces de », nous avions le droit de faire des parties de ping Pong ou de babyfoot dans l'annexe commune, pour éviter de trop stresser au travail ! Non, je ne rêvais pas, et c'est donc dans ces locaux de banque que j'ai acquis un niveau certain en babyfoot ainsi qu'en ping Pong, et qu'aujourd'hui je suis fière d'avoir pu développer mes compétences dans ces domaines improbables pour un premier emploi !

De 8H30 à 17H00, les journées passaient très vite, surtout en enlevant le repas qui commençait à l'apéro vers 11H20 et finissait vers 14h, sauf les jours de fêtes et de buffet où l'après-midi était occupé par le rangement de ce dernier et par la distribution Tupperware de nourriture qui restait aux collègues avec familles nombreuses...

Voilà la chance que j'ai eue, petite étudiant naïve, pour démarrer dans le monde du travail avec un sas de préparation par la douceur complètement inimaginable mais qui me sera fort utile ensuite pour me souvenir d'où je venais et pourquoi internet, le rendement, et le management aux résultats changeraient un jour totalement ma vision du reste de ma carrière.

En tout cas, c'est avec émotion que j'ai une pensée pour mon tonton, si drôle et si gentil, qui me manque parce que le jaja et la clope lui ont écourté des années de rigolade, et je lui dis MERCI ! (Voilà, maintenant, j'ai été gentille, ça n'était pas prévu, on revient vite à la Sessile de cinquante ans qui mord dès le prochain chapitre nom d'un tampon sans applicateur !).

Un job en béton ...armé !

Après le Club MED, une fois mes chères études finies, j'ai voulu partir de chez mes parents avant de tuer mon père qui s'acharnait à faire du bricolage tous les samedis matin à partir de 5H à la perceuse pour bien être sûr que sa dernière quitte le domicile parental rapidement parce que bon, quand même, les études, ce n'est pas une excuse bande de fainéants ! « L'avenir appartient à ceux qui se lèvent tôt ! » hurlait-il dès potron minet ! (Pour les jeunes, potron minet, cherchez, c'est encore plus vieux que votre grand-mère !).

Du coup, pour éviter un drame et la prison pour « parenticide », j'ai fait un faux CV, sans les diplômes, pour pouvoir travailler avant mes trente ans, et j'ai pris le premier job au smic trouvé : secrétaire dans l'intérim ! Sans le savoir, je passais des vacances avec tonton et ses copains, à l'usine pour smicards en milieu carcéral !

Ce fut, à ce jour, le plus dur, le plus intense et dangereux des métiers que j'ai connus : c'était l'intérim dans le bâtiment, avec des anciens tôlards parfois, en tout cas, du costaud pour une petite gosse de 24 ans qui débute dans la vraie vie professionnelle, pétrie d'envie de bien faire et qui va se prendre de plein fouet le machisme, la rudesse de ce milieu masculin, les braquages à la lacrymo, et aussi des rencontres drôles, avec au final, quand même un brin d'humanité là où on s'y attend le moins!

J'ai démarré par ce job à l'époque où il n'y avait pas de tél portable, les premiers ordinateurs remplaçaient peu à peu les machines à écrire avec carbone, et je commençais donc ma carrière de secrétaire polyvalente comme on disait avant pour nommer ce « beau » métier de « super boniche corvéable à merci si possible tous les jours en jupe et décolleté ! ».

Vous vous rappelez, vous et moi nous avons connu les dinosaures ! Si ! Ces ordis avec des lettres vertes sur fond noir, juste à côté du minitel 3615 « qui n'en veut » comme dans les sketches des Deschiens ? Yes ! Ceux-là même ! Nostalgie radio vermeille, salut !

Mon agence d'intérim, c'était du lourd : on recrutait dans le bâtiment ! Du costaud madame, du poilu, du qui sent fort la victoire de dessous de bras le vendredi après-midi pour les acomptes, les baraqués en bleu de travail, l'haleine à la bière parfois, mais toujours le sourire au moment des chèques de paie, même édenté !

J'ai vécu des trucs de dingue avec mes brochettes de gaillards, tous plus virils les uns que les autres, même la distribution des calendriers de nanas à poils à noël qu'ils trimbalaient sans honte dans le métro !

Ah le bâtiment ! C'est chatoyant comme public pour une jeune femme de 24 ans divorcée sans enfant, surtout, moi qui avais un charisme hallucinant et une beauté intersidérale qui faisait chavirer les péniches sur le Rhône et redresser la barre de l'économie mondiale, mais stoppons là, ma modestie m'empêche de poursuivre, restons simple que diantre ! (N'importe quelle jeune femme de mon âge seule représentante du beau sexe aurait vécu la même chose, je reviens sur Terre et j'arrête de ma la péter).

Je crois que mon souvenir le plus impérissable et le plus drôle, c'était mon super intérimaire, monsieur Moumou ! Quand je l'ai vu entrer dans notre petite agence d'intérim lyonnaise, un jour d'été, j'ai cru qu'il y avait eu une éclipse, parce que d'un coup, plus de soleil dans notre agence alors qu'elle était vitrée partout ! Môssieur Moumou himself venait d'entrer, cachant la lumière de sa stature d'athlète des jeux olympiques genre Schwarzenegger surdopé ! Une belle bête de deux mètres et cent dix kilos, fouya ! Mon titan en ébène était si impressionnant que tous les animaux dans la rue se taisaient quand il apparaissait. Je suis sûre qu'il a inspiré « les oiseaux se cachent pour mourir » ...

J'ai dû lui commander des vêtements et accessoires de sécurité sur mesure, vu que le golgoth ne rentrait dans rien même avec les plus grandes tailles du catalogue de sécurité !

Les gants lui faisaient deux doigts, il entrait un avant-bras dans la veste et même pas le mollet dans les pantalons de bleu qui de toute manière auraient juste fait shorty, au mieux...taille 54 en chaussure de sécu, ça vous dit quelque chose hein ?

Pourtant, avec son profil de chef de tribu africaine, de roi du monde, môssieur Moumou ce n'était pas un bavard et c'était surtout une crème !

Un chrétien évangéliste, il avait rencontré dieu en Afrique par hasard entre deux buissons ardents, et il en était revenu avec la force tranquille, la démarche rassurante et lourde du patriarche qui va sauver le monde, et qui ne doute de rien, le bonhomme ! C'est clair que vu le gabarit, il n'avait pas vraiment besoin de froncer les sourcils ou de parler fort pour avancer dans la vie !

Tel Moïse devant les eaux de la mer rouge, sans un geste, la foule des rues bondées se séparait devant lui, et chaque pas qui résonnait tel un tremblement de terre avertissait le monde entier qu'il valait mieux s'écarter et faire place !

Mais voilà, tout bon chrétien super zen qu'il était, il ne fallait pas non plus le prendre pour un esclave du Congo belge, notre grand gourou des savanes ! Nous discutions souvent au moment des acomptes du vendredi, philosophie et sens de la vie, entre athée et croyant, et un jour, il m'avait demandé avec une grande gentillesse : « mademoiselle, me feriez-vous l'immense honneur d'accepter de devenir ma septième femme ? » Outre le fait que j'étais hyper gênée, je ne voulais pas non plus lui faire de peine, mais je n'avais pas trop la fibre savane-hyènes ou piler du mil avec six autres nanas.

J'ai décliné la proposition poliment en lui disant que je n'étais pas polygame à la base et que j'étais déjà divorcée échaudée, il n'a pas insisté, et nous sommes restés des bons amis. C'était le principal, vu son gabarit, je n'aurai pas pu me défendre s'il avait décidé de m'enlever !

Un jour, en plein mois d'août, le téléphone sonne ! J'entends une toute petite voix, c'était le pauvre jeune blondinet du chantier d'à côté, le nouveau chef de travaux qui avait fait son premier jour et qui visiblement était en pleine panade...

« Bonjour monsieur Martinez, vous êtes le nouveau conducteur de travaux ? Enchantée ! Que puis-je faire pour vous ? Pardon ? Je vous entends mal !? Vous...vous voulez qu'on vienne vous aider à sortir de là ?

Mais de quoi parlez-vous ? Vous voulez sortir de la poubelle à gravats du chantier ? Hein ? Je vous entends mal ! Ah, vous parlez doucement pour éviter qu'on vous entende et que monsieur Moumou ne revienne vous voir ? Quoiiiii ? Mais qu'est ce qui s'est passé ? »

Et là, le gars il m'explique ce qui lui arrive et j'essaie de ne pas rire en mettant ma main sur le combiné du téléphone : depuis le matin, il avait demandé à monsieur Moumou de porter des sacs de sables, faire des tas de trucs de manard, et qu'il ne savait pas que monsieur Moumou était le chef d'équipe, pas un manutentionnaire de base !

Au bout d'un moment, le petit jeune, que j'avais déjà vu et qui se la pétait quand même pas mal, il avait dû agacer notre montagne chrétienne pleine d'amour de son prochain, mais faut pas pousser quand même Moumou dans les orties. Notre grand calme avait finalement décidé qu'il était temps d'aider ce petit jeune livré sans le module diplomatie à réfléchir à sa posture, si possible dans un environnement propice à la méditation, plus précisément, au fond d'une poubelle à gravats, en plein soleil, avec un sac de sable posé dessus pour qu'il ne bouge pas et que personne ne soit tenté de l'aider à en sortir !

Un des autres intérimaires m'avait expliqué que M. Moumou s'était approché du jeune, qu'il l'avait lentement soulevé de terre d'une seule main et lui avait dit de sa voix grave de guide spirituel « tu sais, petit bonhomme en costume là, tu arrives, tu souris, tu ne sais rien de rien, et tu donnes des ordres comme un petit singe de cirque ! Jésus notre sauveur a dit que les hommes apprennent dans la douleur, alors je vais t'apprendre comment respecter tes frères et toi même ! Tiens, fais un tour dans la poubelle à gravats en plastique en plein soleil quelques heures, ça te permettra de bien réfléchir, et je vais poser un sac de sable dessus, celui que tu voulais que je porte ! ».

Les autres gars, ils avaient tellement peur de THE ROCK Moumou (en plus, ils trouvaient qu'il n'avait pas tort non plus), qu'ils n'avaient même pas tenté de s'approcher, et le petit blondin déjà maigrichon, il était resté trois heures dedans en plein cagnard, à faire sauna, puis il avait décidé de m'appeler moi plutôt que ses chefs, vu qu'il avait eu encore plus peur de passer pour un couillon avec eux qu'avec une petite secrétaire d'intérim...

« Ne pleurez pas ne pleurez pas, on va vous envoyer quelqu'un », que je lui ai dit ! Ses nerfs lâchaient, alors j'ai tout raconté à mon chef, et une fois qu'il a fini de se marrer, il a pris sa voiture et il a foncé sur le chantier pour sauver le soldat de chantier Ryan ! Il l'a sorti de la benne et a sauvé le petit prétentieux, qui n'est d'ailleurs jamais revenu sur ce chantier.

Le vendredi après-midi suivant des acomptes, monsieur Moumou est arrivé à l'agence d'intérim tel Usain Bolt franchissant la ligne d'arrivée au Jeux Olympiques, sous les acclamations et les applaudissements enthousiastes de tous les ouvriers du bâtiment car sa légende avait déjà parcouru les chantiers du tout LYON et plus encore, et il m'a dit calmement, avec sa voix grave et ce ton de prophète sans euphytose : « vous savez, madame la patronne, les leçons de la vie ne s'apprennent pas en regardant vivre les autres, il faut ressentir la peur soi-même ! Certains tuent leur premier lion à 12 ans à mains nues, d'autres passent trois heures dans une poubelle à gravats au soleil !» Quel sage, ce monsieur Moumou !

Ah c'est sûr que j'aimais ce job autant qu'il me faisait pleurer parfois, car il y avait tellement de tranches de vie extra ordinaires, même si elles étaient parfois dangereuses !

J'avais par exemple un ancien terroriste anonyme, qui avait trouvé que j'étais sympa, et qui m'avait dit que si un jour un homme me voulait du mal, il pourrait m'aider à « s'occuper de son cas discrètement et que je ne serais plus jamais ennuyée » …

Nous avions aussi un psychopathe sorti de prison qui avait tué sa femme et qui, tous les vendredis pour les acomptes, m'appelait « Christiane » avec un regard qui me glaçait d'autant plus le sang que je savais que c'était le prénom de la défunte …victime ! Parfois, il m'offrait des fleurs qu'il avait dû ramasser par terre ou dans une poubelle vu leur état, et lorsque je croisais son regard glauque, j'en avais des frissons d'horreur. Mon chef d'agence me raccompagnait au métro tellement j'avais les miquettes !

Malgré tout, j'ai vécu aussi des vrais fous rires, comme lorsqu'une bourgeoise du cours Vitton s'était perdue en venant s'inscrire chez nous ! C'est notre faute aussi, on avait tenté de se diversifier et de faire du tertiaire, du coup, Marie-Véronique remplissait ses dossiers en face de moi, avec son joli serre-tête velours vert bouteille, sa coupe au carré, son ensemble tailleur pantalon et ses vieilles bagouses de famille qui m'auraient permis de m'acheter ma maison avec piscine, et même un bateau pour le mouiller en rade de Cassis, vu la taille du caillou qui pesait tellement sur son pauvre petit squelette de bigote famélique que c'en était même triste à voir. A un moment, elle vient vers moi et me tend son dossier complété, et là, je lis, dans la partie réservée aux détails de ses « Expériences » de son C.V. : « secrétaire au cabinet de mon mâri, assistante au cabinet de mon mâri, accueil au cabinet de mon mâri » ! (Prononcez bien mâri, c'est l'accent du 6ème).

Mieux ! Elle n'avait pas complété la partie « moyens de transport », et je l'interroge sur ses moyens de locomotion. Là, elle me regarde, elle sourit et me demande très sérieusement : « Alors, pour la partie transport, bon, j'ai une Golf, mais je ne me souviens pas si c'est une 7 chevaux ou si c'est un turbo ! C'est embêtant ? ». Que dire ? What else ?

Enfin, pour la partie « divers » du cv, elle avait brillamment rédigé la prose suivante : « je monte tous les dimanches, nom du cheval : Champion », et elle avait listé tous ses prix gagnés en concours hippiques, et pour finir de me tuer les gencives, tout en bas, au rayon « centres d'intérêts », elle avait tapé : « Jésus, mon chien ! »

Entraînée à bloquer toute expression potentielle d'un quelconque sentiment face à la rudesse de cet environnement hostile machiste et ô combien vulgaire du bâtiment, je n'ai rien montré à la gente dame complètement décalée ! Je n'ai même pas osé lui demander si son chien s'appelait Jésus, ou si elle aimait Jésus comme son chien ou son chien comme Jésus ! Je lui répondis que « non, ce n'était pas embêtant de ne pas connaître la puissance de sa Golf », et je filais dans le bureau de mon chef dès son départ pour aller mourir de rire.

Toujours pour en rire, je me rappelle les merveilleuses fiches d'inscription et leurs surprises qui agrémentaient mes journées de dur labeur, entre deux insultes et une chaise jetée dans la vitre.

Par exemple, un jour, un jeune manutentionnaire dynamique m'avait rendu son formulaire d'inscription complété : pour répondre à la question « situation familiale », il avait tout simplement écrit en majuscules, « BIEN » ! Voilà qui était limpide : il était bien en famille, le gars, heureux !

Vous l'aurez compris, avec une quantité gastronomique de travail et des horaires de dingue, même les samedis, et tout ça au smic bien sûr, ces minutes de bonheur intérieur poursuivaient ma formation en matière de rire !

Le César du rire, je crois que je le dédie surtout au meilleur jour de la semaine, le vendredi, décidément un jour qui devait marquer toute ma vie, parce que parfois, on faisait les apéros entre collègues, ou des gigots bitumes avec les intérimaires habitués ! Gigot bitume ?

Je m'explique : la tradition voulait qu'à la fin d'un chantier, les salariés de la boîte intérim étaient invités à partager avec l'équipe du chantier un gigot entier cuit dans du bitume bouillant sortant de la bétonneuse !

Autant vous dire que ce pétrole pur qui cuisait la viande nous régalait de cette saveur noisette grillée sans savoir qu'il s'agissait en fait de particules cancéreuse du carbone pétrolifère que nous dévorions avec de la moutarde ! Ah, l'innocence des années sans bio...

Les blagues et les anecdotes fusaient, les verres se vidaient et nos esprits aussi, j'avais mal aux joues tellement je rigolais en écoutant le père B., qui m'expliquait qu'il était tombé un jour du haut d'un pont, et par chance, il était tombé dans un énorme tas de sable juste en dessous qui lui avait littéralement sauvé la vie, et que malgré une côte fêlée, comme il disait, il n'avait pas gardé de « téquelles » de l'accident !

Le même, en été, toujours bavard et généreux et inventif, il avait vu des fourmis par terre au chantier, et ça « pilulait » partout !! Son collègue était maçon « coffror », oui, en portugais coffreur, ça se dit et ça s'écrit coffror ! Le pauvre coffror, il avait changé les « seringles » à rideaux chez lui le dimanche et s'était fait mal au dos, mais surtout il était très fatigué parce qu'il avait eu plusieurs fois l'appendicite et que ça le lançait encore à l'endroit où était l'appendicite avant, il appelait ça « la maladie de l'appendicite fantôme » ! Elle n'était pas belle, la vie ? Hein ?

Tous ces moments de rire, je ne les oublierai jamais, parce que mes intérimaires préférés qui de donnait du « madame la patronne », moi qui ne l'étais pas du tout, ils m'ont tous chouchoutée et m'ont fait rire, quelque soient les situations !

Et puis un jour, après 7 ans de taff et deux hold-up, j'en ai eu marre d'être une « petite secrétaire » dans ce monde de machos aux calendriers de femmes à poil dans leurs cabanes de chantier Algeco ! J'ai fait ce qu'il fallait, et j'ai fait les bonnes rencontres, et bim, j'ai pu changer totalement de voie.

J'ai découvert le bonheur d'être prof pour adultes dans un centre de formation en alternance ! Rien à voir, sauf les insultes peut-être ! AH ! AH !

Changement radical de métier néanmoins, qui m'a permis de faire sans le savoir mes premières armes sur une scène atypique improvisée et un public encore plus : voilà comment s'est passé mon premier cours en bac pro secrétariat, à l'époque où les masques n'existaient pas ni les cours en distanciel !

Rien que pour vos yeux, je pousse la porte, je pose mes affaires sur le bureau, je note mon nom au tableau blanc, et hop ! C'est parti mon kiki pour le discours de bienvenue du premier cours !

La prof de bac pro !

« Bonjour à toutes ! Bienvenues !

Comme le dit notre directrice : l'alternance c'est votre dernière chance ! »

Ils n'ont pas voulu de vous ? Nous, c'est limite, mais on va tenter le coup ! On est payé pour !

Bon, je me présente, je suis votre prof pour les deux ans de votre bac pro ! Ah bah je suis une prof en alternance, alors je n'ai pas la capes, ça se saurait, hein ! Mais bon, j'ai une maîtrise d'un truc que vous ne comprendrez pas, et même si on est payés au rabais, comme vous, on est dans la même galère alors autant se déchirer pour y arriver !

Alors, c'est vrai, je préfère vous le dire, ça ne sera pas tous les jours facile ! Mais qui a dit que la vie était facile ? Des idiots ou des vendeurs de crédits, c'est sûr !

Dans cette classe, vous êtes 32 filles à la date d'aujourd'hui, normal, le secrétariat n'attire pas trop les velus du torse. Pour certaines d'entre vous, vous avez autant envie d'être là que de vous faire épiler les narines par une copine aveugle avec un sécateur, mais vous n'avez plus vraiment le choix !

Mon rôle sera de vous aider à apprivoiser cette nouvelle vie et si nous réussissons, la bonne nouvelle c'est que la plupart d'entre vous trouvera du taff !

Je ne vais pas vous mentir, à la fin, c'est comme dans THE VOICE, vous n'allez pas tous supporter la pression, il y aura de la perte : il n'en restera que 20 au maximum d'ici deux mois !

Vous devez savoir que l'alternance, c'est très dur : c'est comme Dr Jekyll et Mr Hyde, une grosse crise de schizophrénie (pour les mots difficiles, je vous ferai une liste à la fin du cours, parce que vu vos regards, il y en a la moitié qui pensent que DR Jekyll c'est une série anglaise et que MR Hyde c'est un gros black rappeur).

L'alternance, c'est une semaine sur deux pour faire la belle au job en jupette chemise H et M, sourire, bosser comme une dingue et l'autre à faire les devoirs le soir, 8H de cours par jour, et des évaluations tous les mois, et bosser comme une dingue ! C'est bon ? Vous commencez à vous représenter le berzingue ?

En même temps, c'est ça, ou le trottoir pour faire la manche avec les petits enfants qui morvent et les sdf qui puent qui pètent qui prennent leur tutu pour une voilette, bref, il y a de la concurrence ! Vous êtes mieux ici, c'est moi qui vous le dis !

Mesdemoiselles, en vous engageant dans l'Armée, euh, pouf, pouf, pardon, en vous engageant pour deux ans chez nous, vous allez connaître enfin le monde mystérieux du travail et des cours à apprendre par cœur ! Une vraie nouveauté ! Vous allez rencontrer des patrons en costard, normal, on est en France, ce sont des hommes, les boss !

Il vous faudra vous lever tous les jours à 6H00, aller au taff, sourire, écouter, comprendre, apprendre, dans la seule entreprise qui a bien voulu vous supporter pour deux ans moyennant un mini salaire ! L'autre semaine, vous serez levée aux aurores tout pareil, et vous ferez la même chose : sourire, écouter, comprendre et apprendre, sauf qu'il n'y aura pas de boss en costard, juste bibi et mes collègues en jeans pourris et la gentillesse en option selon les profs.

D'abord, voilà comment ça fonctionne dans mon cours si vous voulez faire partie des 20 finalistes qui décrocheront leur bac et un job en cadeau bonus !

Illico, je vous fais passer un bocal en plastique, vous aller y mettre à chaque début de cours tout ce qui pourrait contrarier votre concentration, c'est-à-dire toute votre vie en fait : mobile, tablettes, vernis, gloss, bijoux, brosse, limes car non, nous ne sommes pas en BEP esthétique, et non, merci, pour celles qui ont de l'humour, pas de capotes avec du yaourt dedans, on m'a déjà fait la blague l'année dernière, faudra trouver mieux !

Pour les larves à gloss en attente du prochain casting de « la nouvelle star », c'est fini le temps de surfer sur trinder, adopteundébile et cradoo dans la file d'attente de pôle emploi pour toucher les allocs à papa ! Du cocon devra sortir le papillon de votre vie future ! Ouais, je sais, je sais, je suis super poète ! Envoyez ça à Vitaaa et Joule !

Bon, sinon, bonne nouvelle pour les cendrillons : vous oubliez les courses, les vaisselles pour douze, la cuisine, le ménage, et faire vos devoirs à une heure du mat cachée dans la salle de bain pour pas se faire taper par sa famille ! Barrez-vous de là, cherchez une colocation ou une résidence étudiante avec la bourse ! Il y a des formulaires sur mon bureau pour demander des logements étudiants, et sinon, faites des colocations avec des copines sérieuses !

Vous ne voulez jamais plus faire la queue chez le popol emploi du quartier ? Vous êtes au bon endroit pour vous en sortir ! Vous allez bossez !

Vous en avez marre que l'assistante sociale vienne prendre le thé à la maison tous les mercredis avec votre mère et sorte avec votre frère tellement elle fait partie de la famille ? Vous allez travailler !

Vous voulez pouvoir partir du T2 où vous vivez à douze avec le RSA et la caf au milieu des colocs qui dealent du schitt ? Vous êtes au bon endroit pour votre nouvelle vie camarades ! Euh, chères élèves, je m'emporte là, pouf, pouf !

Faut vous remuer là, les nanas ! Les filles de riches arrivées là parce que vous êtes trop buses, faites un procès à vos parents pour qu'ils paient au moins l'appart, mais donnez-vous les moyens ! Bossez, et moi je m'occupe du reste !

J'ai aussi sur mon bureau des formulaires de demande de logement d'urgence pour les foyers pour femmes battues, violées, droguées, simultanément ou pas d'ailleurs, pour des associations pour les jeunes mères ou les homos virées de chez elles, quoi qu'il en soit, on va trouver une soluce !

Bon, je continue : lister le matériel interdit et situer le défi : check !

Maintenant, je dois vous expliquer que la révolution est en marche, non, les filles macron n'a rien inventé, il m'a piqué ma phrase ! Vous avez déjà vu un mec inventer un truc tout seul vous ? Ça se saurait, donc, le changement, c'est maintenant !

Aujourd'hui, nous attaquons notre première semaine ensemble en cours, c'est   cool.
Par contre, la semaine prochaine, c'est votre première fois au travail : vu que mes yeux pleurent simplement en vous regardant toutes tellement vous balancez du lourd niveau style vestimentaire, je ne peux pas vous laisser aller au feu sans munitions, au boulot sans un déguisement correct !

Un relooking urgent s'impose pour votre bien, et celui des autres aussi ! Allez, c'est parti pour notre Star AC du mauvais goût, la Nikita de la Zep, après le relooking extrême, vous ne serez plus les mêmes !

Ma première impression en vous regardant, c'est qu'il faut qu'on s'y mette tout de suite si vous voulez passer la porte d'entrée de votre Entreprise lundi prochain sans rameuter les commerciaux en costard ou la BAC anti-drogue !

Allez, un petit tour de la classe s'impose !

Alors, les Rihanna en string paillettes qui dépasse du jean délavé troué par vous-même, les talons de flutes, tout ça c'est juste bon à attraper du gamin à la sortie du MacDo donc on range, ou on donne aux filles qui bossent devant des camionnettes du quartier et qui visiblement n'ont pas assez de tissu pour leurs jupes.

Vous allez chercher des vêtements disons, classiques, de la bonne taille, noirs ou marrons, c'est ça, tristes quoi ! C'est bien ça, Jessica, comme moi, se déguiser en vieille qui va à un enterrement, tu as tout compris !

Ensuite, les boxeuses « One million dollar baby » en survêts trop grands version rappeur du bronx, le cheveu gras et la coupe improbable, l'haleine de coyote pour être sûre de faire peur, on se reprend ! La sécurité oui, la mocheté crasse, non !

Je sais, c'est dur je sais le matin à 6H de traverser le quartier sans se faire ni violer à douze ni tabasser pour son Apeule, je sais, je sais, du coup, on se déguise en mec, je comprends.

Mais désormais, la semaine du boulot, il faudra préparer un sac à dos, et se changer vite fait au magasin du coin avant d'arriver au taff comme clark Kent qd il se met sa cape ou Spiderman quand il enfile sa combi sexy pour devenir des supergirls ! HOP ! HOP ! HOP !

Ensuite, je vois et surtout j'entends des filles « musicales » ! Mesdemoiselles, tendez l'oreille : rien qu'au bruit que vous faites quand vous bougez, je vous ai déjà repérées !

Vos orchestres métalliques et vos « gling gling » de boucles d'oreilles, on dirait la grande parade du cirque, madame IRMA et ses trois cents bracelets en toc, c'est livré avec le chewing-gum vulgaire et le maquillage camion volé !

Je sais, je suis méchante, mais figurez-vous que je suis payée pour ça, alors je fais mon travail ! Bon, mes sapins de noël d'amour, vous allez vous alléger et virer tout ce qui fait le même son qu'un triangle dans un orchestre de Vienne !

En plus, ça brille tellement qu'on dirait la vitrine des galeries Lafayette de Part dieu en décembre, vous allez aveugler tout le monde ! Allez, on range les armes de flute, on se met un coup de lingette bébé sur le visage, on retrouve sa vraie peau et on devient une jeune fille normale ! OUI, Jennifer, il existe bien une jeune fille derrière ces couches de peinture ma belle, oula, ne prenez pas peur, il faut du temps pour s'habituer à se retrouver enfin soi-même derrière la Rihanna lidl qu'on avait essayé d'être avant.

Oui, je sais parfois, je choque un peu, mais bon, c'est pour la bonne cause et il vaut mieux que ce soit moi qui vous en parle plutôt que votre futur patron s'étouffe avec son café quand il vous verra et vous renvoie en cinq sec !

Maintenant, passons au lourd, à la classe, des paillettes aux lunettes, de l'horreur au tailleur ! Votre objectif, ni joggeuse ni pouf, il ne faut plus faire peur !

Non, non, non, Jessica, on se calme, on pose la chaise, et je confirme : vous n'avez pas le droit de « jeter votre chaise dans la « gueule » de Camille pour lui refaire sa « face » parce qu'elle trouve que j'ai raison et que Rihanna est une flute ! »

On se calme, zen, on respire ventral et on souffle en posant la chaise : la violence reste dehors, on se parle tranquille, on se respecte ! Vous n'êtes ni des guerrières ni mémélenchon en colère, vous la jouez maître IODA, yoga, zen, tranquille !

C'est bien, vous avez posé la chaise, maintenant, vous arrêtez de grincer des dents, et vous me faites gentiment passer la lame six pouces, merci Jessica ! Super ! Allez, on applaudit tous très fort Jessica qui a su maîtriser sa rage ! Bravo !

Mesdemoiselles, je pense qu'il est temps que je vous apprenne mon slogan préféré : « on est des femmes, pas des pitbulls, on arrête la vodka Red boule ! »

Allez, on répète et on y croit ! « On est des femmes pas des pitbulls, on arrête la vodka Red boule ! ».

Voilà, on respire ventral, on souffle, on s'assoit, on est bien !

N'oubliez pas que pendant ces deux années ensemble pour obtenir votre bac pro, notre objectif sera de préparer votre avenir ! La misère, c'est derrière !

Ne te retourne pas Louanne, c'est une image, enfin, une expression, ah zut, voilà qu'elle cherche l'image aussi oula, aidez-là les filles, elle est inquiète la pupuce. Merci ! Je sens que j'ai du taff qui m'attend avec vous cette année.

Bon, si vous avez des questions, c'est le moment, après on fera une pause clope café parce que vous avez eu plein de mots compliqués et de phrases d'un coup-là, je sais.

Allez, je vous écoute :

Quoi, Eva ? Tu vas devoir être absente quelques semaines pour ta cure de désintoxe alcoolique ? Ah oui, deux semaines, je comprends.

Ce n'est pas grave : hein ? Ton père t'a violée quand il avait bu vu qu'il fêtait sa sortie de prison pour hold-up, alors tu as fêté ton ivg avec les restes de vodka et tu t'es réveillée en cellule de dégrisement et ton père en taule avant-hier ? Voilà, voilà : et bien ça me touche que tu sois si sincère avec nous, c'est cool ! Ok, bon, tes copines prendront des notes, moi je te ferai les copies des cours, et tu reviendras, sevrée, l'œil vif et au top ! On applaudit EVA, bravo Eva, ta vie est devant toi !

Non, Sabrina, encore une fois le pétard n'est pas une clope comme les autres, et non, oublier son mégot de bédot dans les WC, ce n'est pas un cadeau pour les suivants, ça peut te rapporter plus vite un gendarme chez toi qu'un diplôme dans ta boîte aux lettres ! Tu revends ton stock à ton cousin et tu files droit ici plutôt qu'à la prison de CORBAS !

Bon, cette fois, Je crois qu'on est pas mal. On a tout son monde, plus de raccords de maquillage, plus de bijoux coincés dans le string ?

Une autre question ? Oui, Léandra ?

Tu me demandes si tu peux quand même signer la feuille et rester en cours alors que ton autorisation de résider sur le territoire a expiré hier ? Et bien écoute, j'ai envie de te dire, avec plaisir et bienvenue Léandra ! De toute manière, tout ce que vous aurez appris avant que les gendarmes ne vous ramènent à la frontière sera toujours mieux pour refaire les papiers et revenir finir ce cycle au prochain voyage non ? En plus, nous sommes juste avant les élections en France, il y a bien un couillon en costume qui sauvera vos miches, rien que pour faire la Une dans Libération ! N'hésitez pas, créez un collectif dans la classe à la pause et balancez tout sur Tik Tok kodak !

Ah Mina, ma petite chérie pauvrette, oui, je sais ton fauteuil pour handicapé à roulette ne passe pas dans la travée entre les bureaux, zut ! Allez, je pousse mon bureau et je te mets à côté de moi devant le tableau, on s'occupera des copies des cours et les notes, ne t'inquiète pas ! Nickel ! Sinon, juste pour moi, pour savoir, mon petit bout de rien du tout, quand tu clignes une fois des yeux c'est oui, deux fois c'est non ! OK ! Pour les urgences, tu souffles dans le tube là ? AH d'accord ! Super ! Et le clin d'œil, c'est pour dire, c'est ok ! Chouette !

Allez les filles, on applaudit très fort MINA vu qu'elle ne peut pas, quel courage ! Pas de bras, pas de chocolat, mais du courage, elle en a !

Elle s'est fait renverser par la police qui poursuivait un braqueur l'année dernière et elle n'est même pas morte ! Enfin pas de partout, tant qu'il y a de la vie, il y a de l'espoir, hein mina ? !! Ah, oui ! Il y a un papier accroché autour de ton coup, alors, ça dit que ton infirmière arrive à la pause pour nettoyer les tuyaux ! D'accord, il ne faut pas être en retard, mais je t'approcherai de la sortie, je ne préfère pas voir ça, je suis une grande sensible quand il s'agit de liquides corporels...

Et nous y voilà, c'est déjà 10H00 !

Bon, on a bien posé les bases de comment ça va se passer pour vous, allez zou ! Une clope, un café gnole et on se retrouve ici dans vingt minutes les girls, ok ?!

Oui Mina ? Elle clignote des cils, oui, j'arrive, je t'aide à sortir, arrête de souffler dans le tube tu es toute rouge, oui, oui, je te mets dans les mains de ton infirmière pour aller aux toilettes pour handicapés, don't worry !

Bon, les filles à tout de suite, et pas de bagarre pendant la récré, dakodak ? Surtout, souvenez-vous, à partir d'aujourd'hui, répétez-vous dans votre tête votre nouvelle rime de vie, « vous êtes de femmes, pas des pitbulls, vous arrêtez la vodka Red boule ! » A tout de suite pour la suite ! »

Voilà ! Les premiers cours ressemblaient à peu près tous à celui-là, et le reste de l'année était souvent tout aussi folklorique.

Les racines de ma Quinquattidude actuelle commençaient à se développer, et comme le dit le psychologue ou le maçon, c'est au choix, « chaque brique de nos expériences nous permet de construire la maison de notre vie ! » C'est tellement beau que je vais l'envoyer à ma sœur louve pour qu'elle médite dessus…je me marre, je suis nulle en construction !

En tout cas, j'en ai une de belle, de maison de vie, avec tous les jobs divers et avariés qui ont traversé mon C.V. pendant toutes ces années !

Après l'intérim et les gros bras petits cerveaux, après quelques années comme prof pour adultes, avec des tueuses sans dictionnaire, j'ai assumé plusieurs emplois dans des services administratifs, des bureaux, loin des chantiers et des bibiches armées. J'y ai alors découvert d'autres faunes et flores qui n'appartiennent qu'à ces bureaux où vivent certains animaux en voie d'extinction ne se reproduisant plus et où le spectacle de la vie est permanent, comme au zoo.

Je ne résiste donc toujours pas au plaisir de vous en offrir la visite, histoire de finir le chapitre du travail par le meilleur, puisque désormais, moi aussi, on peut me visiter dans ce zoo…

Attention, toute ressemblance avec des lieux ou personnes pouvant vous rappeler ce que vous vivez aussi n'est là que pour vous faire rire !

Le bureau, c'est un zoo !

Le travail, c'est la santé, qu'ils disaient !

Allez soyons honnêtes, mis à part depuis le covid et l'isolation déprimante qui a vrillé nos repères, vous pensez vraiment qu'il y avait beaucoup de gens qui allaient au travail avec la banane tous les jours, à part les maraîchers ? (Banane, maraîchers, oula, je suis en petite forme, moi…).

Mais ça c'était avant le drame de notre canal carpien à force de tapoter sur nos claviers à cause du télétravail à cause du covid ! Il faut que je me calme.

Heureusement, le travail en lui-même reste une source inépuisable d'inspiration pour l'humour et les cyniques, pour trouver de quoi être méchante sans effort, car ce microcosme de bestioles plus ou moins rigolotes mais toujours surprenantes reste une matière première idéale pour mes spectacles et mes livres : comme la série 24H Chrono avec Jack BAUER, mon bureau, c'est un vrai petit monde rempli de rebondissements improbables !

Pour jeter les bases du sujet, et me la jouer lettrée, penchons-nous un peu sur l'origine du mot TRAVAIL tout d'abord.

Les latinistes le savent déjà, le mot travail vient de tripalium, qui signifie « instrument de torture ! » On commence donc par l'essentiel, la signification première : « tri palus », c'est plutôt glamour ! Cela signifie « trois pieux » chez les romains ! On vous attachait dessus pour vous battre, vous torturer jusqu'au trépas ! L'ambiance n'est pas vraiment au festif, alors de quoi nous plaignons-nous puisque les tortures sur plots ont cessé me direz-vous ?

Du temps des romains et même après, globalement, le boulot, c'est pour les esclaves, les serfs, que des gens obligés de bosser pour les autres et un bol de céréales même pas bio : on comprend mieux le scandale d'aujourd'hui dans la société « moderne » que représente la légende du « travail c'est la santé » !

Et oui ! Vu que les patrons en France n'ont plus le droit de nous mettre des coups de fouets, de bâton ou nous couper un jarret si on veut s'enfuir, ils ont dû s'adapter à une nouvelle stratégie : l'enrobage, le farinage de masse, la panure avant la poêle à frire ! Ils nous ont attiré avec des croquettes à la sciure avec l'odeur du steak, comme un loup qu'on veut domestiquer, histoire de pouvoir nous faire larbiner tranquille et sans se fatiguer ou s'user les poignets à nous bastonner, plus besoin !

IL y a des contrats, des syndicats, des chaises et une machine à café, et à la fin du mois, des sous pour nous donner envie d'y revenir pour payer le reste. Ils sont très forts ces romains !

Tous les patrons et petits chefs formatés à marcher sur leurs concurrentes en jupon qui nous font croire qu'on peut « s'épanouir au travail », qui nous balancent du rêve de « carrière » et de « potentiel » à 25 ans pour nous pousser à tout donner pour pas cher puis nous offrir une tombe à 40 parce qu'on voulait leur place, ils en ont à la pelle, des jolis mots pour nous empapaouter mesdames : il y de la « compétence », de la « trajectoire », du « sillage » et de « l'évolution possible » pour nous faire oublier que le travail c'est une corvée payée à la base, et que pour le moment, en France, comme dans la plupart des pays dits civilisés, ce sont bien les burnés qui commandent !

Ils ont fait la même école de vente que ceux qui nous disent que non, les antennes téléphoniques pour mobiles, ça ne donne ni migraine ni cancer des oreilles, ça fait bronzer des intestins ! C'est du foutage de gueule, oui, mais c'est organisé !

La grande mystification depuis la révolution industrielle et l'immatriculée contraception, c'est de croire qu'on peut faire carrière dans son travail en étant une femme !

Attention, j'attaque le drôle, la poilade et je diffuse le rire gratuit en paillettes comme s'il en pleuvait sur une mariée à la sortie de l'Eglise : la seule « carrière » possible, c'est une mort à petit feu, lente et douloureuse, une ascension à plat pénible et en raquettes sur la piste des cadavres congelée des collègues qui ont été éliminés, oppressés, harcelés et ruinés pour arriver à toucher plus d'oseille, de pèse, de fraîche et surtout essayer de se la péter alors qu'on finit tous dans le même trou les aminches, et qu'au final, les pissenlits ne feront pas la différence, qu'on soit nourris au foie gras ou aux patates sourires congelées !

Ah c'est sûr, quand on parle boulot, tout de suite, la gaieté débarque, la joie se répand, on s'éparpille de rire aux quatre coins de LYON façon puzzle !

Mais bon, assez tôt dans ma vie professionnelle, vu les mots que j'ai appris, comme accident du travail, nervous breakdown ou burne out, et maintenant Risques psycho sociaux et gestion du stress, j'ai vite compris qu'il y avait comme un léger décalage entre une soirée rhum arrangé avec les amis et une vie au bureau ! Depuis WORKING GIRL, il n'y plus de HAPPY END, c'est clair !

Certes, pour une petite fleur toute neuve et frêle comme moi (vous pouvez vous gondoler vu que je ne suis ni une petite fleur, ni toute neuve, ni frêle, parce que si je m'assois sur vos genoux là maintenant, je pense vous péter un os), et après mon sas d'adaptation avec mon tonton dans le monde des bisounours, j'avais directement tapé dans des emplois bien costauds pour la caboche et les nerfs, des jobs qui forment la jeunesse quoi !

Secrétaire dans l'intérim travaux publics, les insultes dans toutes les langues, les holdups, puis prof avec les bibiches qui disaient « va te faire enculer » en guise de bonjour, ça forme la jeunesse, tout ça ! Et puis ça fait voyager et ça fait plaisir de voir des gens qui ont du vocabulaire !

A 25 piges, je vous promets qu'aller sur un chantier pour tenter de trouver les restes du pauvre gars qui s'est fait aplatir par une dalle de béton de 10 tonnes, faire la déclaration d'accident du travail et trouver son casque avec son blase dessus pour l'identifier et ses chaussures de sécu en sang, bah ça forge une jeune femme, moi je vous le dis !

Surtout que, juste pour l'anecdote, ce jour-là, j'avais piqué un sprint avec ma voiture, et que les gendarmes qui m'avaient stoppée pour me mettre une amende, quand je leur ai dit pourquoi je speedais, ils ont carrément fait mon escorte pour me conduire au chantier…

En revanche, ce n'était pas ma faute à moi si la jeune recrue à casquette bleue avait rendu son petit dej quand il avait vu les restes du mec en format crêpe à la confiture de groseille !

C'est sûr qu'après ça, j'ai trouvé les autres taff plutôt calmes, ce n'était pas la même limonade que quand des gens me jetaient des chaises ou me braquaient la caisse.

J'ai donc été encore bercée quelques années par l'illusion de croire qu'un jour, peut-être je trouverai un travail sympa, et que finalement, ça pouvait positif comme expérience !

Et puis un jour, après des années de coups bas, de trahisons mesquines, j'ai compris comme tout le monde que lorsqu'on sent que ça fait mal, que ça pique, ou que c'est injuste et douloureux, c'est un peu comme quand on signe les papiers du divorce, c'est bien le signe que quelque chose ne va pas !

C'est là que j'ai réalisé que les vrais sauvages, les plus dangereux, en fait, ce ne sont pas ceux qui vous insultes, vous braquent ou vous disent qu'ils vont vous égorger si vous ne leur donnez pas dix balles de plus d'acompte : que nenni !

Le vrai « TRIPALIUM », la pire des tortures mis à part écouter SOPRANO en boucle un jour de pluie, elle est administrée généreusement par les adeptes des costumes, des clios commerciales, des bureaux bien propres, du genre bien policé, bien élevé qu'il faut regarder à deux fois mesdames et messieurs, avant de commencer à numéroter ses abattis, c'est moi qui vous le dis !

Les cols bleus, blancs, les costumes pingouins, les tailleurs et les talons des assistantes à la Jacques TATI qui font clic, clic, clic, c'est du genre tout doux, sourire en coin et brushing impeccable, et ça sent meilleur que les bleus de travail des ouvriers du bâtiment le vendredi d'août par 38 quand ils lèvent les bras !

Mais en réalité, les Médicis à côté, c'étaient des moelleux, des enfants de cœur, Heidi chez les Helvètes ! Si ! Je m'explique et je le prouve : et vas-y qu'ils manigancent, et qu'ils complotent, et qu'ils vous lancent des couteaux dans le dos et vous piquent vos idées pour avoir leur promo ! Découpée façon tartare au couteau qu'on vous retrouve si vous leur faites un petit dans le dos ou si vous barrez leur chemin vers les promotions !

Il faut dire que cette race-là, elle a tout misé sur sa carrière : mari, femme, enfant, chien, canari, maison à crédit et vacances à Cap d'Agde au club des tous nus, et vivre en studio à Paris la semaine loin de tout et de tout le monde, rien que pour devenir chef et avoir les sous et les galons, le droit d' avoiner ceux du dessous et de les toiser comme Satan se marre en regardant les pêcheurs arriver en rampant : ils se vengent alors sans merci, nous tabassant moralement tout autant que d'autres les ont maltraités avant !

Moi qui suis plutôt une généreuse, une sociable, une blagueuse qui aime bien travailler en chantant, comme Blanche-Neige, genre pouèt la poète, je me suis retrouvée dans une jungle, un vrai zoo pour animaux sauvages, avec des tigresses, des vieux lions, des serpents venimeux, des scorpions et autres joyeusetés mortelles. Si vous me les aviez filmés avant pour me prévenir, je ne vous aurais pas cru qu'on puisse trouver autant d'embrouilles dans un endroit appelé « le bureau », alors que sur les photos de salariés souriants des calendriers de l'entreprise on dirait un séminaire de dentistes tellement ils sourient !

Attention ! Les mauvais, ça sourit, juste avant de dégainer ! Comptez vos doigts et rangez vos mains : ils ont toujours la niaque ! Les retors, ça mord ! Au royaume des requins, les poulpes finissent en carpaccio citron et les thons en sushis ! (Ça me donne envie de manger des tapas à Majorque, mince, je me calme, je regarde par la fenêtre la pluie tomber sur les rues grises de la ville en crise sanitaire, et hop, me voilà de retour !).

Mais poursuivons dans ce rêve éveillé…

Dans cet environnement hostile à l'humain normal, tu as intérêt à avoir toujours des bouts de barbaque encore saignante dans les poches pour les jeter aux fauves sinon ils te bouffent un steak dans le gras de la fesse gauche dès que tu te retournes !

Je me suis donc pointée pour mes premiers jours dans cet environnement BAC plus deux minimum, pleine d'espoir de faire un truc un peu sympa dans ce monde d'échappés de l'asile du bâtiment réinsertion et alternance dernière chance, avec une petite chemise classique, concours cadre en poche, sourire offert, mon air pas si con et ma vue basse : en dix minutes, et une première réunion de « sévices », j'ai vite capté que la « Petite maison dans la prairie » n'avait jamais tourné d'épisode ici, mais que Peter Jackson sûrement, vu que c'était plutôt le Mordor, que Gandalf le gris était déjà barré combattre le dragon, et qu'il avait laissé Gollum régner avec l'aide de ses gardes du corps trolls, d'une Serpentard que j'appelais très vite Ka, l'anaconda mère de tous les serpents, pour nous tenir tous sous son joug maléfique des chiffres, du résultat et de la bienveillance imposée !

Attention, car ce qui suit n'est qu'un pâle reflet de la réalité que beaucoup connaissent, et après avoir lu mon portrait à l'acide de ce monde cruel, vous aurez l'impression qu'il s'agissait plutôt d'une saga d'horreur animalière en streaming qu'on pourrait appeler « Le zoo en folie » !

Nous étions là, sortant de cette réunion, face au chef et sa main droite musclée en jupe : ils nous prenaient clairement pour des pauvres petits chimpanzés à qui jeter des cacahuètes et des discours, courants autour d'eux pour leur apporter des dossiers en offrande, tendant la main, la tête basse, pour obtenir l'autorisation des dominants de poursuivre leurs activités non-cadre donc inintéressantes !

Si j'avais coupé le son et filmé certaines scènes au travail, je vous promets qu'à part les arbres et les bananes, il ne manquait rien à la planète des singes, avec soumission matinale face aux alphas, un vrai documentaire animalier !

Chaque primate leur tend la mimine en baissant le regard, leur donne un parapheur, un papier un dossier, et pendant que le chef adoube et sourit, sa ministre des baffes, la grande tueuse, elle se ballade, tapant bien du talon pour montrer qu'elle est là, sur son territoire, pétrie de bonheur et d'autokiffe, (oui je m'autokiffe, c'est mieux que motocrotte, les blagues de Toto, CM1), son égo aussi gonflé que la choucroute brune sur sa tête fixée avec la laque de ma grand-mère, imitant la reine Elizabeth en carrosse avec sa main droite levée pour offrir le bonjour royal aux manants dans les couloirs !

Vous me direz, de quoi je me plains, enfin une femme qui mène la danse ! Certes, mais le problème, c'est que je suis surtout féministe pour les belles personnes, justes, intelligentes, humaines, comme moi quoi, pleines de modestie et d'humilité, pas les Thatcher mais plutôt Rosa Park ou mère Thérèsa, vous voyez ?

Du coup, l'autre Maléfique, corbeau sur l'épaule, robes, talons et cheveux noirs, habillée en enterrement paillette Jacqueline RIU des campagnes, son regard de Léon le tueur, précédée du nuage de son parfum capiteux qui t'allume à dix mètres devant et trente mètres derrière pour désinfecter la zone de guerre, cheveux bruns de poupée lustrée parfaits, elle traînait l'odeur de la peur derrière elle, et juste un peu plus loin, les suiveurs qui espéraient une miette de son attention.

Il faut leur reconnaître ce talent à nos chefs, qui était de savoir mettre une ambiance formidable, dense et riche, mais au niveau compétence, la vice-reine qui savait faire pousser et entretenir le relationnel délétère en branche, ne panait que dalle à ce qu'on faisait, encore moins quand c'était sur un tableau Excel avec entrées croisées plutôt dynamiques.

« On ne peut pas être bon dans tout », comme disait Adolf en jetant ses jolies petites peintures à la poubelle, car il avait bien compris que, comme organisateur de rave party bondées dans des hangars, il était plutôt fort, mais en tant qu'artiste, il était nul. (Là, je monte en gamme, je vous avais prévenus).

Dans mon job, trônant dans leurs fauteuils géants réglables à la Goldorak mais sans bouton d'éjection de survie, nos pingouins en chef là-haut à PARIS dans la ville de toutes les DIRECTIONS et SIEGES de France, les DJABBA de HUT des directions, les big chefs du siège, ils nous ont envoyé une deuxième nana tueuse pour essayer de calmer les ardeurs de la ménopausée aux dents longues. Une femme qui a des dents qui rayent le parquet, ça fait des traces, et ça grince, il faut la contenir ou elle va piquer leur place…

Le Chef mâle local tout pâle, Kevin, un mignon avec pantalon velours jaune, ses cheveux noirs LOREAL, sa coupe Playmobil, son regard vif de bœuf allant à l'abattoir, on l'a vite jaugé, et on a vite su qu'il n'aurait ni l'étoffe des héros ni le bras vengeur de la justice et qu'il se ferait bouffer tout cru par les nanas avec des frites sur l'autel du sacrifice managérial !

Il était à peine lancé dans sa fusée carriériste, le pauvre, qu'on a entendu « Houston, on a un problème ». Forcément, trois ans de résistance molle du fond de son bureau plus tard, le gentilhomme plutôt tranquille et ventripotent au sourire aussi mou que sa poignée de main n'a pas réussi à faire peur à la meute sanguinaire des deux Kil billettes : comme dans la nature, les singes suivent les plus forts, ils se sont donc remis derrière leur « matrone » et sa main droite !

Et puis en plus, c'est drôlement plus dangereux pour les hommes le boulot, en tout cas, les lundis : ce sont les statistiques des hôpitaux qui le disent, l'effet mortelle cardiaque du retour au taff assomment le ciboulot, et paf, ils nous font des cactus !

Quand on vous dit qu'il faut faire gaffe aux lundis matin, surtout vous, les garçons, parce que le petit cœur, il n'aime pas retourner à l'école ! Messieurs, le dimanche, on se calme, on ne fait pas câlin à méméne, ni vélo d'appart, ni monter l'armoire du fiston, parce que lundi 8H, crac ! On vous perd !

Du coup, côtés mâles, certains sont tombés pour la France, ils ont fait soit un craquage, un burne out, ou un nervous breakdown, bref, ils sont partis en plein « Lost in translation ».

Du coup, on les a juste mis au chaud dans leur bureau d'ephad, chauffé, avec d'autres blessés, au régime, survivants du cœur ou de la caboche, qui font semblant d'y croire, de faire des tableaux avec des chiffres alors qu'ils ne pannent même pas le titre, et qu'ils se retrouvent au cimetière des éléphants, à se réconforter : « bon, les gars, reste dix ans à tirer, on fait semblant qu'on est bons, qu'on sait faire et qu'on sait de quoi ça cause, et on y arrivera en se serrant les coudes » !

Du coup, nous, les femmes, donc subordonnées, vu que ce sont des hommes qui s'arrogent entre eux les postes supérieurs, avec la schlag offerte, nous sommes restées sous la tutelle « bienveillante » de la chef scout, au camp « de la muerte », et elle a fait graver « Arbeit mart Frei » sur le fronton du service pour bien mettre dans l'ambiance club med direct !

Les offrandes à la déesse KA la cruelle ont repris de plus belle : les brioches, les petits croissants et autres signes de soumission à la brute en jupe se sont multipliés comme les petits pains pour jésus, en attendant qu'un autre mâle ne soit choisi par la meute des vieux loups de mer décrépis du SIEGE (j'adore ce terme qui indique quand même celui qui est assis dans un siège, autant vous dire tout de suite la dynamique qui le caractérise) qui se réunissent dans le mouroir à cols blancs de la direction cimetière des éléphants, sans les défenses en ivoire bien sûr, on les leur a enlevé il y a longtemps pour payer leur fauteuil en cuir !

Aujourd'hui, je vous confirme, je suis devenue une super guide pour visiter le zoo de mon boulot : je connais les meilleures cages des vieux tigres blessés, des hyènes sur le retour qui errent dans leur bureau devant un écran noir, les aquariums pour piranhas qui attendent qu'on tende le bras pour le bouloter en grognant de plaisir, et mêmes les horaires où les soigneurs viennent les nourrir ! Mais un jour, le Crack Vador lego a dû choisir un nouveau chevalier pour venir pourfendre la dragon lady et l'aider à reprendre son trône !

On s'attendait à du lourd, après des zombies, un handicapé des systoles, on rêvait de Clint Eastwood nous lançant son fameux, « il y a ceux qui creusent, et toi, Pedro, tu creuses ! ».

Comme dans tous les films récents, le twist comme disent les jeunes, nous a pété à la figure dès qu'on a vu arriver le Xman : l'ombre n'était pas un leurre, c'était bien un gentil pépère, encore plus proche de la retraite que le précédent, la tonsure naissante des moines qui se caressent les crâne à défaut d'autre chose, la petit bouche sans lèvre pour montrer la tendresse de l'asticot, le costume bien ringard même pas sur mesure et le petit pull de sa maman marron sur une chemise bleue...et il vient des campagnes le pauvre et il débarque à LYON, en hiver, avec les pics de pollution et Feyzin, l'accueil chaleureux et doux des lyonnais !!

Toutes les nanas le savent bien, passé un certain âge, dans tous les boulots, les hommes sont plus comme Robert que comme REDFORD, c'est la vie !

Au zoo, quand un dominant arrive dans un groupe, les soigneurs l'introduisent doucement pour éviter les conflits : nous, au bureau, pas d'acclimatation, il a été parachuté, et il nous a fait le discours de superman des landes verdoyantes, « je vous ai compris » et le « changement c'est maintenant », genre je sais, je sais, ce n'est pas facile, mais papa est là !

De fait, la reine mère, l'Iznogoud des chefs, pourrie vexée d'avoir encore une fois été écartée de la place de calife, elle a rongé un frein de plus dans son bureau, qu'on a entendu le bruit de la scie sauteuse toute la matinée, et elle s'est pointée à sa première réunion d'inauguration des chrysanthèmes, au taquet ! Le suspense était à son comble, chacun assistant à l'épisode 3210 de la saison 12 de notre « Working girl wrestling », attendant de voir dans quel sens la balance allait pencher pour se préparer à suivre le nouveau dictateur qui en sortirait vainqueur...

La grande ka, maline et pas née d'hier, comme ses chaussures élimées au talon, elle l'a laissé causer, elle nous a bien fait le regard micro-ondes que tu as chaud tellement elle te grille, pour nous montrer que sa décontraction cachait mal son envie de lui arracher la tête avec les dents et s'en faire un pendentif tête réduite pygmées.

A la fin du discours d'arrivée du Gandalf gris, un petit silence s'est installé, nous avons tous tourné la tête vers elle, et elle lui a mis la main sur l'épaule pour lui dire devant tout le monde : « c'était bien mais c'était un peu long, ça va, c'est normal, c'est ta première fois, je suis là pour les réunions suivantes, je t'aiderai à les préparer, tu n'es pas le premier chef que j'aurais aidé à s'intégrer et qui sera reparti très vite vers d'autres cieux ! Ah, les voies du seigneur sont impénétrables ! Ah ! Ah ! » ricana-t-elle avec un rire sardonique qui fit frissonner toute l'assemblée...

Paf ! Une balle, une seule : en un shoot, elle lui a coupé les coucougnettes, les a mis en sautoir en boucle d'oreilles. Le sort du manager new Age était scellé en entrant dans l'arène ! Même dans Gladiator, les scènes du Colisée étaient moins saignantes...

Je vous avais prévenu, on n'est plus dans la tiède douceur feutrée de mon centre bancaire avec tonton, cette fois, c'est le monde du travail, du bureau, du pouvoir, des ronds de cuir, âmes sensibles s'abstenir !

Ainsi, la cérémonie du sacrifice rituel terminée, les filles et les garçons sont repartis dans leur bureau, avec la tisane, le carreau de chocolat bio, se remettre sur les mails et les tableaux, clic, clic, clic, sur le clavier, un petit air dépité de l'animal soumis qui sait qu'il a encore 20 de tôle à tirer. Les autres, sous-chefs ou pas, déjà rangés des bidons, ils se sont planqués direct pour pas prendre aussi une « targette » de la killeuse au cas où se soit la fête nationale aux roustons, ou sont sortis faire un rdv quelconque pour laisser les hormones descendre parce qu'ils savent que quand le tiroir à baffes est ouvert, ça peut tomber sur n'importe qui.

Ma visite au zoo s'est achevée, les bêtes ont été nourries, le petit dernier s'est pris son avoinée, il est rentré dans sa cage, et la louve mère a pu retourner sur son fauteuil de ministre avec le sourire carnassier de la lionne revenant d'une chasse avec la cuisse de gazelle entre les dents !

Avec tout ça, moi, petit poisson clown qui n'avait pas vu les panneaux « ne pas nourrir les animaux sauvages » sinon je ne serai pas entrée, je suis retournée dans mon bocal avec mon anémone de mer pour me protéger, euh pardon, dans mon bureau, avec ma réserve de gâteaux et mon module de survie pour fifilles avec son lot de phrases bien neutres mais surtout sans aucun rapport avec la scène de violence dont nous avions été témoins : « bonjour ça va bien ? », « ça te va trop bien le rouge ! », « mais tu as minci toi ? », « ils ont dit qu'il ferait beau demain ». Retour à la routine habituelle, quoi.

La réunion terminée, j'ai vu défiler dans mon box, oh pardon, mon bureau, les collègues les plus anciennes : c'était l'heure du débriefing post traumatique pour les plus âgés, celles et ceux qui en avait vu défiler, du chefaillon, et qui voulaient juste se rassurer après cette démonstration de pouvoir au sein de la tribu des killers ! Comme dans toute bonne réserve animale qui se défend, les anciens, les futurs retraités, les abimés de la vie, nous les gardons au chaud, nous évitons de les secouer trop fort pour qu'ils puissent profiter de leur retraite quand même, et c'est également pour moi, humoriste caustique, une véritable mine d'or d'anecdotes, de délires, car les systèmes de défense face à des décennies de travail sous tensions peuvent créer des personnages totalement surréalistes, surtout sur un lieu professionnel.

En attendant mon tour, que je passe de l'autre côté, et qu'un jour, une autre jeunette ne dresse mon portrait à l'acide et me jette des cacahuètes, ce qui ne saurait tarder.

J'ai donc vu tour à tour mes bibiches apeurées à deux mois du grand voyage final vers leur maison et les rosiers du jardin, venir me proposer très gentiment des systèmes anti-stress et anti-méchants pour me protéger, mais aussi des régimes alimentaires improbables pour se sentir mieux venus tout droit du jurassique, bref, tout ce que l'être humain qui souffre du stress et de peurs peut nous offrir de drôle et de complètement déjanté !

Comme disait toujours ma grand-mère en nous offrant une clémentine séchée depuis 1933 en guise de cadeau de noël, « c'est l'intention qui compte ».

L'une était gourou des chiffres, d'abord, et travaillait avec les nombres, les chiffres magiques, qui guérissaient tout, si, madame, c'est moi qui vous le dis ! Lorsqu'elle m'a dit « je vais te chercher une série à travailler pour te protéger des tensions extérieures et apaiser ton esprit ! » J'avoue que j'ai hoché la tête et j'ai dit « oui merci » sans avoir compris de quoi elle pouvait bien parler, mais il faut être ouverte d'esprit et surtout sympa, on dit oui aux copines qui veulent bien faire !

Elle m'a donc donné des chiffres à noter partout sur des papiers que je devais réciter par cœur, comme en cours de math de sixième de mon fils, pour plein d'usages rigolos et bénéfiques : la réussite, la santé, la protection contre les méchants, même la ménopause !

Tout était possible, sauf les numéros du loto, ça, je lui ai demandé tout de suite, tu m'étonnes !

J'ai souri intérieurement, car dubitative, mais ce qui est gentiment offert ne se refuse pas, alors j'ai pris les nombres et j'ai dit « merci » ! Sur mon épaule, se tenait la partie diabolique de mon esprit, qui me suggérait une remarque drôle, et je n'ai pas su lui résister, alors j'ai lancé à ma collègue, « dis-donc ma louloute, s'ils protègent de tout, ces chiffres, j'imagine qu'on ne leur avait pas tatoué la bonne série de nombres sur le bras aux pauvres gens, à AUSCHWITZ ! pfft !!

Elle a émis un « Rohhh, c'est horrible, mais c'est quand même un peu drôle, rohhh, mais c'est horrible ! ».

J'avoue, mais sincèrement, surtout après l'ambiance de mise à mort de notre réunion, l'horrible humour noir venant plus naturellement chez moi que les poésies innocentes inondée de bonheur et d'amour inconditionnel pour mes congénères -à l'instar des paroles émouvantes des chansons de Didier Barbelivien, (pardon, c'est trop dur, ça, oubliez) -, je n'ai pas pu m'empêcher de voir le meilleur dans le pire, et cela a bien fait rire quelques collègues qui avaient la même fibre décalée assassine.

Mais ce n'est pas tout ! Une autre de mes camarades de zoo avait une spécialité encore plus cosmique : avec le pendule du professeur Tournesol en main, et elle me passait sous son « micro-ondes » personnel et paf !

J'étais toute nettoyée des mauvaises ondes des méchants autour de moi qui ne font rien qu'à vouloir me jeter des sorts d'abord !

Mise à part ma sœur qui est devenue louve et qui joue du bol tibétain tous les jours pour faire tomber la pluie, je ne savais pas que j'avais aussi au travail, dans ce haut lieu du rationnel et des chiffres, autant de collègues à fond sur l'ésotérisme et le parallélisme spatio-temporel !

La dernière surprise post réunion traumatique, était une collègue encore plus drôle, qui avait fait une trouvaille : des graines datant du jurassique en guise de régime alimentaire purificatrices ! Je l'ai appelée jurassique Jane, ma collègue, en référence aux dinosaures !

Je vous explique : dans les relations de travail, comme nous avions en vrai avant le covid, il y avait toujours des instants croustillants d'échanges informels sur les thématiques les plus inattendues ! C'était mon petit plaisir de demander des détails aux copines dès lors qu'elles me mettaient l'eau à la bouche avec un hobby un peu transcendantal ! Ma Jane était sur la phase régime pour perdre du poids et manger sainement, cycle féminin très répandu quand on a trop tapé dans la tartiflette, les gratins en tout genre, le jaja en prime et les tartines de fromage !

Jurassique Jane, elle avait trouvé LA solution miracle et bio écolo du futur : arrêter les viandes, et ne manger que des végétaux et des graines issus du crétacé et du jurassique ! En même temps, pas le choix, impossible de trouver un dinosaure pour la barbaque de nos jours, pfff, un scandale !

Lorsqu'elle m'a annoncé cela, un lundi matin, (j'aime vraiment ce jour-là décidément, il se passe toujours quelque chose !), devant ma collègue de bureau qui s'arrête de taper sur son clavier en entendant cette explication sur le régime CRO magnon, il y a forcément un temps de pause avant le bonheur ultime.

Puis viennent tout naturellement les questions :

Moi, scientifique : « QUOI ? Mais comment vas-tu retrouver des plantes qui n'existent plus et comment es-tu sûre que notre corps de 2020 soit capable de bouffer des racines et de ne pas en crever ?? »

Jurassique Jane, croyante : « ne t'inquiète pas, ils ont trouvé des graines dans des fossiles, et ils les refont pousser ! »

Moi, morte de rire : « ah, d'accord ! ». « Mais sinon, tu dois aussi porter des peaux de bêtes et courir avec un arc après un mammouth ou bien ? ! » et j'éclate de rire, comme ma collègue en face qui se tient les côtes !

Là, vous l'aurez compris, je n'avais pas pu retenir plus longtemps cette touche de scepticisme qui caractérise les femmes, surtout de cinquante ans, lorsqu'on lui fait croire qu'un miracle vient d'être découvert en bouffant des graines trouvées dans des fossiles et en oubliant son tartare de bœuf de chez LES GARCONS BOUCHERS des Halle de LYON !

Jurassique Jane me répondit que non, « pfff », pas besoin de la tenue, il suffisait de suivre ce régime et tout irait mieux pour elle, elle serait en cohérence avec la nature, et elle part chercher son auroch du lundi chez Picard, un peu vexée.

Quand on entend ces arguments pour le retour du Cro-Magnon, après les chiffres qui protègent, le micro-ondes qui nettoie l'intérieur, le pendule qui sauve, on réalise que les collègues apportent beaucoup plus que des dossiers ou un café, ils apportent le rire, ils vendent du rêve, de l'amour et du bien-être par tonnes !

Tous les SPIELBERG et les Ridley SCOTT devraient prendre leurs idées pour assurer les trente prochaines années de scripts improbables !

En tout cas, depuis le télétravail, ils me manquent, ces instants volés à l'imaginaire et au magique, et mes collègues aussi me manquent, parce qu'au final, c'était de l'amour et des barres de rire tout ça ! (Oula, moi, je commence à vriller des synapses en mode gentille la fille, peut-être que les derniers chiffres et le micro-ondes m'ont rendue gentille ? Argh !)

Allez hop ! Je redeviens moi-même !

Cinquante ans, et encore tant de phénomènes à découvrir ! Pour autant, au vu de tout ce gros boxon que le zoo de mon bureau représentait, ce jour-là, en mon for intérieur, j'ai décidé que mes gosses feraient des études pour monter leur boîte, qu'ainsi ils n'auraient pas à vivre dans un zoo avec des requins marteaux, ou au pire, qu'ils iraient vivre dans une communauté écolo autosuffisante avec des chiottes sèches en Allemagne avec GRETA !

En attendant qu'ils trouvent une voie plus zen que le chemin de croix du monde professionnel à la mode 2020, je les ai inscrits au judo, au karaté et à la lutte gréco romaine, je leur passe les dvd de DESPROGES, DUPONTEL, COLUCHE, DANY BOON et le DALAI LAMA pour leur apprendre le recul et, si tout se passe bien, ils feront sous peu de la méditation avec les moines tibétains pour se préparer à la guerre psychologique du monde impitoyable du travail, aïe !

Conclusion : le travail,
mais pourquoi faire ?

Toutes ces vies professionnelles successives m'ont donné l'impression d'avoir défilé aussi vite que l'espoir d'un coït improbable avec son chéri lorsque le petit dernier a décidé de brailler une heure avant son biberon normal.

Tout à coup, nos 50 ans sonnent et résonnent, et en ouvrant la boîte aux lettres, le courrier de l'ADEMAS qui nous souhaite un joyeux « anuversaire », vu qu'il surveille les cancers du rectum et qu'il nous explique que nous passons du côté obscur de la force, nous offrant, non pas un massage relaxant chez « belle d'un jour, belle toujours », mais une convocation à un examen colorectal gratuit, ça fait plaisir aussi, merci bien.

Lundi matin, après avoir digéré la bonne nouvelle de notre entrée dans le monde merveilleux où les visites chez les médecins remplacent les soirées apéros, vous l'avez aussi, votre fête d'anniversaire au boulot : un mail d'invitation à votre entretien de « bilan de carrière » envoyée par votre papum en chef.

Pas un entretien annuel classique, non, à nous les femmes quinquagéniales, on nous balance le mot bilan pour assommer nos rêves potentiels de progression et commencer à distribuer la vaseline psychologique qui permettra de faire passer le plus dur, quand nous entendrons les mots « fin de carrière, séniors et en attendant la retraite, bonheur et mort » (cherchez l'intrus !).

Par un hasard du destin cosmique inexpliqué, sauf que peut-être dieu est parti en retraite et sa femme, Jeannine, a repris les rênes, c'est pile à cette date que môssieur le covid explose sur notre planète et que le pangolin mutin nous envoie son scud naturel en criant « et là, les humains, vous avez toujours envie de manger mon petit frère grillé ? »

Le rapport ? « Le covid ne m'a pas tué ! » comme l'aurait si bien écrit la chauve-souris chinoise en lettre de sang et avec une faute de grammaire sur le mur du garage de ma belle-sœur, au contraire, il m'a renvoyée chez moi pour des mois de télétravail, télé-collègues, télé-tensions en moins, sans bises forcées, bref, le bonheur, inattendu, au milieu d'une catastrophe internationale, et la mise au second plan des réunions, des guerres de pouvoir, et des coups bas.

En conclusion de ce chapitre, je trouve que la vie est toujours étonnante, que le covid m'a éloignée du zoo pour quelques temps, que je regarde bien Skype pour ne pas perdre l'habitude, alors je profite, les gestes barrières sont mes frères, les masques me protègent de tout, sauf du bonheur quand on s'y attend le moins !

Allez, le vaccin est là, et bientôt il faudra reprendre le grand spectacle de la comédie dell'arte, le show must go on, je ne suis pas la seule d'ailleurs à penser que tout ne sera plus comme avant, sauf pour les nouvelles blagues que notre cher boulot pourra nous offrir, bien involontairement.

Même si je n'ai plus de cacahuètes pour revenir au zoo, et que mon vaccin ne pourra pas me protéger contre tout, je sais d'avance que revoir les collègues en mode post traumatique covid sera un nouvel épisode riche en nouvelles névroses et que mon zoo aussi aura changé, pour mon plus grand plaisir !

LIVRE IV

Guerre et paix, c'est l'amour !

LA GUERRE

Toutes Ovairebookées !

Nos vies de femmes sont multiples et se renouvellent sans cesse. Pour ma part, aujourd'hui « je remercie la vie, je danse la vie, je chante la vie, je ne suis qu'amour ». Mais ce ne fut pas toujours le cas, et c'est surtout ça qui est intéressant.

En amour, parfois il est possible de rencontrer l'agréable, si, si, ça peut arriver, sinon la race humaine ce serait éteinte, c'est sûr ! Mais les valises de contrariétés qui vont avec, on les porte, on les supporte, et un jour, on craque et tout le linge sale tombe par terre... Ce n'est pas moi qui le disais, c'était LINDA DE SOUSA et sa valise en carton (Oula, on part loin, là, je vais poser mes appareils auditifs et mes bridges dans le bocal et je reviens).

Mais revenons aux guerres du cœur : je vais de ce pas engager les hostilités avec le cliché mondial de la St Valentin, le plus gros mythe commercialisé après Jésus qui marche sur l'eau (c'est plus facile dans la fontaine de la place des Jacobins), la journée des « amoureux », celle où on n'a pas le droit ni d'être célibataire ni moche ni seule, parce que cette bataille-là, je veux la partager avec vous !

Ce fameux soir de 14 février, qui se répète tous les ans, comment se sauver du coma éthylique ou de la déprime Bridget Jones qui tombe toujours sur la tête des célib quand le monde entier nous hurle à la face « sois heureuse et trouve ta moitié ! roucoule bon dieu ! roucoule quoi !! t'es anormale ou quoi ? t'es seule, t'es égoïste, tu es une vieille fille qui est trop exigeante, tu fais fuir les garçons parce que tu travailles trop ou parce que tu es une chaudière ou une lesbienne refoulée ??? C'est TA FAUTE ! »

Eh bien moi, j'ai fait un burn-out un 14 février alors même que j'étais en couple et avec enfants en primes !

Pardon, pas un « burne out », c'est pour les mecs !

Moi, je suis une femme, donc j'étais « Ovairebookée » ! Oui, tout à fait, c'est bien ça, j'en ai eu ras les ovaires !

Attention, il ne s'agit pas d'un chapitre « ni love ni peace », non mesdames et messieurs, nous en sommes aux prémices de la guerre des gangs, femmes versus Wild man ! Et comme pour toutes les sales guerres, elle a commencé par des petits riens qui ont mis le feu aux poudres et paf ! C'est le drame !

En lisant cette St Valentin d'avant le covid, quand tous les rêves les plus fous étaient réalisables, comme aller au restaurant sans masque, c'est hashtag balance ton feignant qui va tomber sur certains velus ! Mouais ! Les mauvais garçons, c'est le moment de vous planquer, de vous faire discrets, parce qu'on sait tout !

Si ! Vous faites tout pour éviter de sortir du canapé, toutes les femmes le savent ! Le secret est éventé comme vos blagues sur les blondes ! A bas la mafia des boboles !

Petit un, déjà les mecs, on connaît vos ruses : celle de la victime du stress, aie, mon petit cœur palpite le lundi matin au bureau, bim, AVC, pas « mourût » ! « Mais ma chérie le docteur a dit reposez-vous, à la maison à ne rien faire pendant des mois sur le canapé, qu'il a dit » ! Oh, le lâche ! Il ne meurt même pas et il nous embauche en aide à domicile pour perpète ! Et c'est bobonne qui trime !

Et voilà les gars, on sait que la plus récente de vos ruses, le coup du BURNE OUT, vous l'avez inventée entre vous. C'est évident, avec un nom pareil, j'imagine sans effort, les bad guys, un lundi matin au bureau, avant le covid, prétextant une réunion sur les statistiques que leurs chiffres sont de l'année dernière mais bon, faut bien trouver une excuse pour se réunir sans les gonzesses !

Je me les représente bien, les « Reservoir dogs » en train de se gratter les balls, jambes écartées « Basic instinct » en position du mâle qui tient son territoire, enfoncé dans le fauteuil à roulettes qui tourne pour montrer sa puissance virile aux autres concurrents de son armées hormonale.

Là, c'est Roger qui démarre : « les gars, je crois que j'ai trouvé comment arriver à être peinard face aux gonzesses et leur parité ! On reprend l'idée du nervous breakdown des années 90, on change le nom et on fait une grande campagne clandestine chez les collègues masculins : on dit qu'on fait tous un burne out, mais un par un pour ne pas se faire gauler ! Comme ça, elles ne pourront plus rien nous demander, on est couvert par le docteur ! En plus, les statistiques sont formelles : les hommes font des infarctus le lundi matin à cause du stress, on est trop stressés les mecs, stop la vaisselle, les maths des petits ou sortir les chiens, c'est fini tout ça ! »

Dès le lendemain, c'était parti pour l'épidémie des feignasses ! Et hop ! Un petit cadre sup, tout engoncé dans son petit polo bleu marine du dimanche, qui tout à coup nous mime l'hémiplégie pile poil au moment de préparer le barbecue pour douze potes qu'il avait d'ailleurs invités sans notre accord ! C'est du chiqué !

Attention ! Je ne dénigre pas, je constate, je factualise, j'illustre, et je démontre !

Marre de plaindre les bonshommes qui ne font rien et qui veulent encore moins en faire, les autres triment à leur place à nos côtés ! Si on les écoute, et ça meurt plus jeune, et ça perd ses cheveux et ça se plaint tout le temps !

Soyons réalistes ! A par quelques courageux qui sautent vraiment du trentième étage pour se petit suicider parce que bobonne est partie avec le vendeur d'assurances vie, les autres ce sont les rois de l'esquive je vous le dis ! Bien sûr, il n'y a pas de fumée sans clope, alors pourquoi voulez-vous esquiver chers mauvais exemples ?

Vous, les balaises au ballon, les musclés, faire la vaisselle de la cuisine que vous avez laissée en chantier avec toutes les casseroles et les poêles qu'il y a des giclures de gras et de tomates jusqu'au plafond, ça fait mal aux tricératops des bras c'est bien ça ?

Messieurs, nous le savons, nous, vos nanas qui vous pratiquons depuis longtemps, comment vous vous esbignez devant les tâches ménagères en général, et ce qui est chiant à faire en particulier : c'est parce que vous savez qu'en acceptant de faire une seule corvée, vous devrez vous mettre à toutes les autres, celles qu'on fait tout le temps à votre place et que vous risquez de vivre des journées de femme pour l'éternité ensuite ! L'horreur !

Je me marre ! Un rire vaut un steak, mais une journée de femme vaut dix ans de vie d'un petit chamallow poilu qui caprice quand son smartphone « a plus qu'une barre de batterie » ! Et je le prouve, avec un documentaire sur une journée ordinaire de femme, la mienne, c'était la St Valentin, en voici le récit.

C'est lundi matin, il fait nuit, il 6H15 au réveil, c'est l'heure, je me lève et je me bouscule ! Debout, cheveux Sonic ta mère, la démarche en mode le retour de la momie, argh !

Le Youki léchouille mes pieds, les minettes slaloment entre mes jambes, punaise, ne pas tomber, ne pas tomber !

« Et c'est une reprise d'équilibre in extremis de la française en difficulté qui a failli tomber sur les chiens, obstacles à sa course dans la pénombre de la chambre, elle esquive, elle tangue, elle rate ses pantoufles mais elle arrive à atteindre la salle de bain et la lumière jaillit, c'est magnifiiiique !» commenterait ainsi notre NELSON international lors des championnats du monde de lever des mamans !

Hop ! On y va : d'abord, les chaussettes, ensuite, le soutif, punaise que c'est chiant à mettre les agrafes dans le bon ordre quand on dort debout, allez, culotte, tee-shirt, jean, j'attrape, j'enfile dans le désordre, une doudoune, deux groles et voilà le fantôme du matin qui part promener les clébards, pissou, caca congelé dans le sac marron, poubelles, et je remonte au chaud sans me tromper d'étage ! Hum, « j'adore l'odeur du caca chaud au petit matin, si j'ai dit qu'on surferait sur ce trottoir, c'est qu'on surferait sur ce trottoir » !! Plus je suis endormie plus je dis n'importe quoi et je me crois dans des films, parce que des fois, ça fait oublier que ma vie, c'est parfois un mauvais film...

Allez, c'est parti : les chiens, les chats, la bouffe, ça miaule, ça piaille, ça croquette. Bon, grattage de tête, un jus fruit, les cachetons aux plantes, pour la ménopause, le ventre, les gaz, le magnésium, l'oméga 3, j'ai trente gélules à gober, sans vomir, ça nettoie les tuyaux !

J'appuie, la Nespresso coule en faisant le bruit de péniche diesel qui démarre pour bien réveiller tout le monde, un double café, et arrive l'heure fatidique d'ouverture du parc Disney alors que je n'ai même pas mis mes « oreilles » pour éviter les larsens : les kids arrivent !

«Y a pu de jus de fruit, j'veux mettre Science of stupide à la télé siteuplait, j'ai sommeil, maman j'ai faim, ma sœur a fini tous les pancakes et j'ai envie de vomir, tiens touche mon front, j'ai pas de la fièvre, t'es sûre ?! »

Soupir.

Soudain, je regarde l'agenda et ...yes ! Nous sommes le 14 février ! Tonight is THE night ! Ce soir, c'est la fiesta sexuelle, le feu d'artifesses, la love night, la récompense de tous ces mois de dur labeur. Encore quelques efforts, j'essaie de rester zen, mais la pression à la réussite de cette journée pour que la soirée soit meilleure est en train de monter.

Là je sens les bouffées d'angoisse des mères qui lisent ces lignes et revivent leurs matins corvées, alors je zappe la scène pour éviter les suicides ou les infanticides ! J'appuie direct sur le bouton « accélérer » pour passer cette partie de reportage : petit dej, école, vroum boulot ! Au bureau, au zoo, les fausses bises de pouf et les « tu- vas- bien ? ».

Je sais qu'aujourd'hui, 14 février, le premier défi du matin sera de supporter les teignes du taff qui sont minces et belles, les saletés, qu'elles vont faire le concours de la plus belle St Valentin, et comme dans le noël de monsieur Scrooge, je vais avoir droit aux St Valentin passées, présentes et à venir !

D'un autre côté, le travail, avant le covid, c'est calme à côté de la maison, je suis assise toute la journée et normalement, personne ne me hurle dans les oreilles qu'il n'y a plus de nutella !

Et puis les chefs, ce sont des hommes donc on sait gérer, une question et le boss se barre, surtout quand il vient nous demander quelque chose, et qu'on arrive à lui poser une autre question qui lui fasse oublier ce qu'il avait compris du dossier au départ : là, il repart, l'air dépité du gamin qui a perdu son quoi, et on est tranquille au moins jusqu'à demain. (Bah les gars vous étiez prévenus, c'est le passage misandre du bouquin !)

Et paf, 17H30, la journée de travail s'achève. L'angoisse remonte : retour à la maison, c'est le deuxième round ! Dong ! J'arrive, j'attaque de front les devoirs, les douches et les animaux qui pissent, le repas qui chauffe, les ifounes qui couinent !

Soupir.

J'esquive une question de la grande grâce au chien qui part avec un bout de jambon volé, mais bim ! C'est le petit qui contre- attaque avec les maths, c'est ensuite un coup sur la gauche, oui l'ado revient dans le ring, elle a une évaluation de grammaire demain et elle veut se suicider direct sur le canapé à coup de chips parce que sa série sur Netflix reprend ce soir justement après des mois d'attente ! Uppercut dans mes gencives ! Le coup est rude ! Mais une maman ne tombe jamais, elle essuie le sang du revers de sa manche et elle repart au combat pétard de dieu !

Je me relève, je bloque le livre de français d'une main gauche sûre, pivot droit de la hanche et hop, je jette un kinder dans le gosier du petit dernier de la main droite et c'est le but ! Là, je suis une déesse ! Je suis TROP FORTE ! C'est les trois O : je suis désormais officiellement une femme Ovairebookée, Omnipétante, et pourtant je me sens surtout ...Omnifoutue !

19H30 ! C'est l'heure du repas picard, jamais en retard, on est veinard ! Nuggets patates ketchup et snickers glacés, la santé, c'est sacré et puis les kids aussi ont droit à leur fiesta !

20H30 ! Ce n'est pas fini, lessive, vaisselle, cartables, lavage de dents des kids, les coucher et ramasser les Playmobil pour que le chien à 800 balles ne s'étouffe avec, ce con.

Mon cœur s'emballe, je me cogne contre la porte, je veux aller trop vite dans les couloirs et aie, bref, je ne dois pas faire un AVC maintenant, ce serait ballot vu que je n'ai même pas encore bu mon kir ni mangé le repas spécial St Valentin !

Soupir.

Et là, je réalise, mais l'HOMME est à la maison ! "Alors de quoi qu'elle se plaint la nana, elle n'est même pas seule !" s'exclament les mâles froissés. Et bien si, on se sent souvent seule avec un homme ! Et bim !

Parce que même devant nous en vrai, il est souvent en mode « éteint » le gars, quand il s'agit de faire les corvées !

Mais oui, ils ont un petit bouton « ON » « OFF » derrière la nuque, bien caché, je suis sûre que plein de nanas ne l'ont jamais trouvé ! Sinon, il y a l'allumage d'urgence, il vous suffit de crier le mot de passe "bièeeere" très fort ! ah ? Zut, j'en ai rallumé deux, là ! Chut on se rendort les gars, ce chapitre n'est pas pour les hommes sensibles, retournez au dodo.

Je disais, parfois l'homme il est là, sur son territoire, sur le Canapé ! Soudain, il s'allume tout seul : « chérie, j'ai faim » !

Il se lève, l'heure est grave : il décide de préparer un repas super gras genre omelette-chorizo-gruyère-lardons, en laissant dans toute la cuisine les casseroles dégueu qu'on dirait qu'il a cuit de la colle dedans ! « J'ai fini c'est prêt ! » beugle-t-il tout content ! C'était notre repas St calorie...

Puis il repart sur son territoire, et là, vous la connaissez, la phrase magique qu'il nous crie quand il nous voit virer colère parce qu'il nous a abandonné dans une cuisine salie jusqu'au plafond que même le chien a du jambon collé sur la tête ? « Viens te poser ma chérie, c'est la st valentin, je m'en occuperai plus tard ! »

« PLUS TARD ? », en langue de mec, il faut traduire par JAMAIS !

Heureusement pour sa survie, c'est la St Valentin, alors au lieu de me transformer en HULK, de déchirer ma blouse de bobonne picard et de lui jeter la table de la cuisine dans la tête version frisbee, je soupire, je souris ! Tout ça, ce soir, je m'en tape le coquillard avec une patte d'alligator femelle, parce que je me suis épilée de partout que je ne peux ni serrer les jambes ni les bras ni rien tellement je suis rouge piment et glissante huilée pour éviter la brûlure que quand je marche, j'ai l'impression de faire du ski de fond tellement c'est fluide...trop fluide.

Je m'en fiche, bientôt s'affichera sur le réveil du salon les chiffres bénis : 21 :00 !

La libération finale, l'heure du coucher des nains et des chiens, la fermeture dans le salon bunker pur adultes ! Voilà le moment où je vire tout le monde, personne de MON salon !

Maintenant, c'est MON moment avec MON chéri alors on me dérange que si on pisse le sang ou qu'on a vomi partout ! Je ferme la porte, je suis méga prête, mon ensemble de dessous dentelle est désormais bien huilé aussi, il est temps de faire la teuf !

Mon valentin, celui à qui j'ai dit encore ce matin à 7H02, « n'oublie ce soir mon amouuur, c'est la St Valentin ! » et qui m'a répondu « mais chérie, la St Valentin c'est la fête des amoureux, nous on est DEJA amoureux ! », celui-là même qui m'avait pourtant donné un indice très clair sur le peu d'espoir de vivre la fiesta des sens ce soir ou de voir une rose dans un vase, et bien il me confirme qu'il s'en bat l'œil, puisqu'il dort, sur SON canapé, collé aux deux autres poilus de la maison, en position dorsale, les trois mâles : alignés comme les trois petits oursons dans leurs lits en bois, ils ronflent en rythme, le petit avec un « hihi » aiguë, le moyen avec un « Huu » moyen et le gros poilu avec un « hhaaahhh » bien grave. Adieu rose, câlins, orgasme et cochons, je peux me la mettre sur l'oreille, je pourrai me la fumer plus tard.

En plein désarroi, debout au milieu du salon, brillante et cuite à point, j'entends le petit dernier frapper à la porte vitrée du salon alors que c'est 21H15, autant dire que soit il est mort et revenu en zombie, soit il a vomi, soit il a tué sa sœur à coup de Nintendo switch dans la mouille, mais j'espère que c'est très grave ! A travers la vitre de la porte du salon, je le vois, il a sa tête de « au secours je vais m'en prendre une » et les pieds déjà dans le sens de la fuite couloir au cas je lui jetterais un coussin dans les dents côté fermeture éclair.

Mettez-vous à ma place : à ma gauche, une jolie scène de la chaîne chasse, pêche et tradition, sur un concours de ronflette entre mâles velus coucougnettes dressées vers le ciel au milieu des poils, position ventilation centrale entre burnés, donc, rien pour moi et ma St Valentin, merci, et à ma droite, peut-être un moment à raconter une histoire horrible pour finir de traumatiser mon gamin de dix ans...

Soupir.

J'ai choisi Stephen King, et je suis allé lui raconter une histoire du soir à mon cher fiston qui avait du mal à s'endormir : « C'est l'histoire d'une princesse qui attends son prince pour la soirée de la St VALENTIN. Le prince est en retard, et son cheval est crevé, il répare. La princesse, elle attend une heure, elle attend deux heures, et elle prend les vers.

Elle braque une carriole et elle retrouve son chéri dans la forêt, endormi sur son pneu crevé et son téléphone déchargé, comme d'habitude. Elle le tue, elle pique le cheval et elle se barre en Californie avec Brad Pitt ! Voilà mon chouchou ! Bonne nuit et fais de beaux rêves ! ». « Hein ? comment elle l'a tué ? Pfff, à coup de hache, ah bah, oui, les os c'est costaud mon loulou ! Paf ! Et après ? Qu'est-ce qu'elle a fait du corps ?

Très bonne question, et bien, comme elle est plutôt du genre bio, elle le découpe et elle le donne aux cochons de la vilaine sorcière pour faire du saucisson l'hiver prochain ! Bonne nuit mon petit cœur ! ».

Mon fils était content, il m'a dit « merci maman, tes histoires, elles font rire ! », il avait eu une super histoire même pas niaise qui lui avait appris comment faire disparaître un corps avant onze ans, et pour ma part, je me sentais défoulée des neurones, merci Blanche Neige chez Stephen King !

Il n'empêche qu'à 22H00, le corps vous dit qu'il est minuit tellement vous êtes défaite, surtout après le speed de la journée classique d'une femme, ajouté à l'espoir déçu, ce que les psys appellent « l'ascenseur émotionnel », je t'en ficherai moi, de l'ascenseur, il est en panne tout le temps et je me tape les escaliers ce soir !

Soupir.

Voilà. Vous multipliez cette journée ça par 365 jours, et vous avez compris pourquoi les nanas sont ovairebookées, pourquoi elles picolent du st Joseph pour éviter les meurtres à la petit Grégory, ou les fuites avec perruque et faux papiers comme dans Jason Bourne. Vous avez surtout les raisons qui font que les hommes ne veulent surtout pas nous remplacer en mettant ne serait-ce qu'un orteil dans la machine infernale des corvées qui émaillent nos vies de sexe « faible » !

En comparaison, messieurs, pour respecter la loi électorale d'équité du temps d'expression des partis opposés, laissez-moi vous présenter le reportage « Une journée de l'homme ». A côté de la St Valentin de Blanche-Neige par Stephen King, ça va être un court métrage pour Gulli !

Tout d'abord, un peu de vocabulaire : l'homme s'appelle un « moa », parce qu'il parle souvent de « moa » et donc il se parle à lui-même à la troisième personne, comme Alain Delon ! Mais si ! Dans la salle de bain quand il regarde son bide pousser, il se reluque dans le miroir et il se dit à lui-même « dis-donc, moa, j'ai pris un peu de bidou on dirait ! »

C'est parti : lever de moa à 7H30 une fois que la nana et les kids sont partis, tout est calme, il sort sa tête de la chambre... le silence lui confirme que les furies du matin sont parties ! Ouf !

Boire mon thé bio détox, dur, dur, de m'habiller vite, parce que je ne fais rien qu'à me mater dans le miroir tellement je suis beau avec cette petite chemise Ben and Sherman, moa !

Ensuite, les bouchons, trop dur : pourquoi il y a d'autres gens sur MA route, pourquoi il n'y a pas que moa ?!

En plus, c'est moa qui ait la plus belle voiture SUV wifi blue tooth caméras de recul, et je conduis trop bien ! broum !

Au travail ! PFF ! Trop dure, la journée stressante au taff, à dire des chiffres, 4%, 12 ou 3000, il jette du « mais tout à fait, on est dessus, on va faire un groupe de travail ! » ! Eh oui, l'homme, lui, il a un vrai boulot les filles ! Avec un vrai salaire ! Pas comme nous !

Trop dur, rentrer à 18H00, il fait nuit, c'est tard, et puis il y a du bruit, des nains qui couinent et des animaux qui courent et des fois même il y en a qui me parlent et ils veulent des réponses, mais carrément tout de suite ! L'horreur ! Heureusement, j'ai mon smartphone, puis ma douche de deux heures pour éviter les poubelles, les devoirs, la cuisine et les lessives !

Il est trop fort, le moa, il a tout bien esquivé, et après le repas, paf, comme un bébé rhinocéros, moa s'endort sur le canapé ! Il n'a pas d'insomnies le gugusse, pas d'angoisse, sa journée ne lui a même pas froissé la coucougnette droite au gars ! Il respire, à ça oui, il ne fait que ça, il respire !

Il s'endort, sa mini journée pour bébé se termine.

Avouez les filles qui me lisez, combien d'entre vous ont déjà eu envie un 13 février en vous couchant, en train de vous préparer mentalement à la déception potentielle de la St Valentin à venir, de faire votre valise dans la nuit pour vous casser au Portugal en laissant un post It sur le frigo : « maman est partie en vacances pour TOUJOURS, débrouillez-vous avec papa et joyeuse fête de amoureux ! » ?! Ne répondez pas, vous allez vous faire du mal pour le prochain 14 février.

Quand on prend tout cela en compte, il ne faut pas s'étonner que les autres soirées entre nanas ovairebookées envoient du petit bois pour compenser ces frustrations ! Dès qu'on est plus de trois nanas quinqua ou presque, les échanges prennent une autre tournure que dans « plus belle la life :

"bah moi, je prendrais un vodka Tranxène, ça calme bien ! Et toi ? Méditation, retraite seule dans la creuse deux semaines ? Bah mince alors, c'est l'horreur ! Ah, en fait, c'est bien ? Et ton retour ? Ah, quand tu es rentrée t'as attaqué Xanax martini parce que tu as découvert que ton mari était parti avec ta sœur mais en te laissant les gosses, merde, c'est la loose totale ça ! Aller, les filles, on ne va pas se prendre la tête, tant qu'on boit c'est qu'on est vivantes, hein ! Tchin ! »

Ma conclusion toute personnelle au sujet de l'amour, c'est que ça peut être très bien si on est chanceuse, même un jour de St VALENTIN. Mais vous voyez, ce fameux soir-là, j'aurais préféré faire ma soirée avec les copines, on aurait encore bien fait péter le plafond d'ovaires ! Ceci est une blague pour ma gynéco, c'est une rebelle !

Malgré tout, mesdames, il ne faut pas déprimer, certaines ont passé des belles soirées d'amoureux avec les glaces en forme de cœur picard, accompagnées d'un loulou multispire outillé pour leur donner du bonheur ! Sinon, au pire, elles sont allées faire leurs « courses » sur internet, il y a des soldes toute l'année !

Mais n'oubliez pas ! Il faut garder espoir, pour nous, pour la planète, pour l'humanité, car même si c'est la mode de balance ton andouillette, il y aura bien une St Valentin où la chance nous sourira et où nous serons récompensées par du SEA SEX and SPRITZ !

Moi, Jane, Toi, Bonobo ?

Après ce préambule de la Saint Valentin, nous voilà désormais au cœur de la « guerre des sexes ».

Cette guerre du pouvoir nous mènera peut-être un jour la paix à partager si nous trouvons le guerrier capable de poser les armes et de signer l'armistice des emmerdes, sauf pour les arriérés encore le gourdin à la main qui ne pensent qu'à tuer de la femelle qui grogne trop fort même après coït.

Avant que je connaisse moi-même la paix, et la preuve qu'il existe des hommes pouvant être des complices bienveillants, j'avais du mal à parler des hommes plus de cinq minutes : normal, ils ne sont pas ce qu'on appelle des spécialistes de la communication les bestiaux, sauf ceux qui sont là pour faire promoteurs d'eux-mêmes sur le marché aux mecs d'un soir !

En revanche, et c'est drôle comme c'est proportionnellement inverse, si les hommes parlent peu, leur capacité à enquiller de litres de plein de boissons sans bouger un orteil, bière, vin, rhum, rouge, blanc, bière encore et tout ça presque debout, c'est un truc de bête à concours, je vous le dis !

Par exemple, pour savoir si j'avais passé une bonne soirée avec mon doudou, je comptais ses canettes vides de bière ou les cadavres sur le balcon, et je faisais dans ma tête une moyenne du nombre de « bisous ma chérie, quand t'en as marre, on rentre hein ? » qu'il m'avait susurrés sans articuler tout au long de la soirée, pour qu'au moment du départ, il parle carrément au porte manteau et tente de rouler une gamelle à ma veste en croyant que c'était moi car elle portait mon parfum.

Grâce au sens inné du ridicule naturel féminin, j'arrivais, dans ces moments de solitude intense, à faire semblant de trouver cela très drôle, et, pour éviter trop de honte, de jeter sous forme de blague : « je mets toujours beaucoup de mon parfum sur mon manteau, comme ça en soirée, si jamais il se perd, je sais où le retrouver avant de le ranger dans la voiture pour rentrer ! »

Pour rétablir la vérité, les femmes aussi ont leurs moments de ridicule d'ivresse : si les hommes jeunes ont tendance à cette phase de test d'urémie permanente, parfois les femmes, nous faisons cette phase plus tard, plutôt par usure du coup. Et là, les filles, vous vous êtes vues quand vous avez bu ?

A l'instar des hommes titubants qu'on critique facilement, quand ça nous prend, on se la pinte grave, et qu'on monte sur le bar pour danser sur Mylène Farmer avec le copain homo, et qu'on parle de la taille du zizi de son mec aux copines en faisant un grand geste devant tout le monde, et qu'on ça crie très fort « si, si, on a fait l'amour pendant trois heures, je fumais grave du pneu à la fin, j'avais perdu trois litres d'eau et deux cm de diamètre dedans, j'étais usée ! » Les filles, bourrées, ce n'est pas des bobards, nous pouvons être bien pire que Dr house et Grosland ! Balle, set et match ! Egalité !

Remarquez bien, la vie est mal faite, parce qu'il faudrait tout de suite fournir les gars avec le lexique et le mode d'emploi ! Personne ne m'avait prévenue jeune qu'un garçon, quand on lui demande si son entretien d'embauche s'est bien passé ou s'il a mal au ventre, il ne fait pas une vraie phrase, mais il grogne le même son « mmuuum » !

Leur langage reste un mystère, surtout quand ils sont entre eux, c'est surprenant pour une fille au départ : il suffit de les écouter en soirée quand une grappe de phéromoniques se forme autour des bières et du barbecue, forcément, c'est comme jurassique Park, les mâles se regroupent toujours autour des aliments et de l'alcool, l'instinct de survie d'abord, les gonzesses et la séduction, ensuite !

Je disais, quand on les écoute, presque à jeun, leurs discussions ressemblent un peu à un forfait free au fond du cantal quand le réseau merdoie : « sinon, ça roule toi ? » « Hum, ouais » « elle est cuite ta merguez ? « Hum ouais » « et ton job ? » « Pareil ! » « Ah, hum ».

Des grands silences, quelques mots, quelques éructations sympas, et la nostalgie : « tu te souviens l'autre qui avait vomi dans sa tente ? ah ahah » « ouai et la fois où Nono a mis enceinte une nana bourrée elle aussi ! » « Ah ha ouai, grave, super soirée » !

Inutile d'attendre mieux, ils en ont pour la nuit à raison d'une demi-heure de silence entre chaque phrase, le temps de boire d'autres bières, de retourner les merguez en se marrant de la blague d'il y a trois ans, tout cela au ralenti à cause du taux d'alcool qui monte, qui monte et des neurones qui descendent, descendent...

Pendant ce temps, les fifilles, on envoie du petit bois ! Ah, c'est sûr que les sonotones, il vaut mieux les régler tout bas sinon on finit par devenir dingue quand plein de nanas se mettent à brailler en même temps ! Notre volume monte avec le niveau d'alcool dans le sang, et, en plus, comme nous sommes des expertes linguistes, au rythme de soixante mots à la minute, on refait le film de notre vie depuis la naissance, avec références scientifiques, médicales, et contrairement à ce que pensent les gars, aucune recette de cuisines véganes !

Mais attention ! Ne nous trompons pas sur les hommes, ils maîtrisent souvent d'autres langues, comme la communication enfantine par exemple, et c'est un atout pour nous par la suite, car si leur langage simple permet à l'enfant de comprendre vite ce que dit son papa, il permet à notre intelligence de compléter, par des concepts et des analyses, la binarité naïve de leur mode de communication masculin !

Je prends un exemple : quand le père dit à son fils : « Touche pas, ça, c'est caca ! Beurk, bouh, c'est sale ! » au parc quand le petit a attrapé à pleines mains une crotte de chien fraîche pour le porter à sa bouche parce que le papounet avait oublié le goûter du petit, et bien la mère qui arrive devant cette scène pourra apporter sa touche féminine à ce moment d'éducation en milieu hostile, avec une traduction qui mettra en évidence les talents pédagogiques du géniteur :

« Vois-tu, mon chéri, papa a raison, le mot qui décrit ce qui sort du trou de balle du chien là, c'est du caca, comme les brocolis de mamie, c'est ça, et c'est aussi mauvais au goût qu'à la santé ! » Voilà une belle mais une équipe de parents au top, n'est-il pas ?

Vous voulez d'autres grands moments de solitude homme femme ! Comme s'il en pleuvait oui !

Trop simple, après tout, comment un poète nocturne masculin et à la romantique diurne, pourraient se comprendre ?

A force de regarder les chaînes sportives, les pubs pour les yaourts qui aident le transit et les voitures, les chaînes youporn, les clips des rappeurs et les jeux en réseau, c'est normal, qu'avec un environnement pareil les discussions ressemblent à :

« Elle te plaît ma nouvelle robe mon cœur ? » « Bah, c'est une robe ! »

« Et ma nouvelle couleur de cheveux ? » « Ah ... tu as payé pour ça ? »

Ou encore : « Qu'est-ce que je mets ce soir pour la soirée avec tes amis ? »

« Ce que tu veux, tout le monde s'en fout chérie ».

Côté nana, ce sont plutôt « Les maternelles » sur France 5, « Arte », « Causette », les assurances auto moins chères, le taux de femmes chez les assistantes parlementaires et maternelles, le plafond de verre, les infirmières, sage femmes, militaires et ministres ! Ah ça vous a calmé là d'un coup ! Même les plus vieux clichés comme celui du bricolage doivent céder à la femme moderne et à sa créativité féminine !

Il est vrai que de nos jours, les hommes savent vaguement à quoi ressemble un aspirateur, (le premier feignant qui susurre « oh oui, un Dyson sans sac » parce que ça le gonflait juste de changer le sac jusque-là, promis, je le mords) !

Oui, messieurs, vous avez déjà vu un fer à repasser, une plaque à induction et un four à chaleur tournante, parce que vous aimez bien cuisiner pour vous la péter, et surtout parce que les nanas sont allées bosser il y a plus de soixante ans, et qu'elles font moins le ménage, le repassage, la couture et la bonne sousoupe du soir en attendant môssieur qui rentrait du travail pour poser ses pieds sales sur le tapis ! Et bim Martine !

Question de survie, ils se sont mis à la cuisine, version technicien, mode d'emploi et concours, top chef sinon rien, surtout pour pouvoir s'assurer de manger quelque chose !

Mais côté tâches ménagères et participation aux corvées quotidiennes, comme il n'y a pas de bons petits plats ou de binouze à gagner, bizarrement, on en reste aux statistiques qui font peur…toujours cinq heures par semaine de plus pour les femmes !

Je ne parle même pas des supers instants avec les petits bébés tout mignons qu'ils portent avec fierté version le roi lion devant les copains médusés, mais qu'il nous refile illico presto quand le petit bout d'amour nous recrache le porridge gerbos sur l'épaule, parce que bon, les mecs, « ils y craignent le vomi », nous non, on a une molécule qui nous empêche d'avoir la nausée, c'est bien connu !

Nous, les femmes, nous sommes aussi livrées avec un module survie pour faire face au caca mou, à la morve bien verte, alors que les papas, non, zut, alors ils se mettent la main sur la bouche et ils vont vite à l'autre bout de la pièce sinon ils vous revomissent dessus !

Avec tout ça, pour la partie purement physiologique du corps masculin devant la douleur, je suis toujours en recherche de réponse !

J'ai consulté Arte, les médecins femmes et hommes depuis des années, et je n'ai toujours pas compris pourquoi les garçons « souffrent » officiellement plus que les femmes !

Ils auraient plus de terminaisons nerveuses que nous ? Sérieusement, vous allez vraiment croire qu'avec les rois du « canapé-internet-gamer-bière-caleçon » toute la journée, les garçons auraient plus de fils entre les synapses que nous ?

Alors comment expliquer que le mec, il se cogne, il meurt un peu, il a mal à la gorge, il agonise déjà, et il a de la fièvre et des hémorroïdes après avoir bouffé des piments au rhum toute la soirée et là, il se traîne du canapé aux chiottes puis au lit en faisant l'étoile de mer sur le dos et en grognant des trucs imbitables qui ressemblent au cri de la moule marinière en train de mourir sous le jus de citron qu'on lui a foutu dans les yeux juste avant qu'on l'avale ! Les pauvres doudous, ils nous signent leur testament en nous léguant leur manette de jeu tellement la douleur des intestins les étreint !

Nous, on se coltine nos règles de treize à 55 ans tous les mois sous doliprane, des aiguilles dans les reins, la nausée, la gerbe, des coups de gégène électrique dans les sein, sinon on a un alien dans le bide qui nous refile 30 kilos, les hémorroïdes, la nausée tous les jours, l'impression d'avoir oublié de vivre avant, des seins plein de petits bouts de verre dedans qui piquent qu'on dort avec un soutif et un coussin entre les deux montages pour pas qu'elles se cassent l'une contre l'autre, et quand enfin on perd les eaux du Nil, y a un malade avec une batte de base Ball invisible qui nous tabasse dans les reins et le ventre pendant dix heures pour qu'enfin le petit lardon nous déchire et nous arrache le téton pour nous dire « hello » ! Vous voulez vraiment qu'on fasse concours là ou bien ?!

Bref, heureusement, la femme n'est pas rancunière, pas tout le temps en fait, du coup, comme elle est formatée Dr house, qu'elle est infirmière, psy, mère, amante, sœur, amie, cuisinière, éducatrice spé, elle peut donner à l'homme un doliprane en lui disant qu'il peut le prendre, ce n'est pas caca et que ça fera partir son bobo...pour les geignements, elle le pousse devant l'ordi ou YouTube avec des chats qui tombent des toits ou des couillons qui se cassent la gueule en skate et hop, comme les petits, il pense à autre chose que sa lente agonie des sinus.

Pour finir, se pose LA grande question existentielle, comme dirait l'UFC : mais que choisir ? Seule ou sans mec ? En couple ou un sexfriend qui n'habite pas chez vous ? Que faire ?

Quand l'amoureuse éternelle se tourne vers son mâle, celui qu'elle idéalise, qu'elle met sur son pieds d'estale, les malentendus se multiplient, comme les kilos d'ailleurs, au fil des ans.

Exemple de malentendu : une femme qui dit « tu peux m'aider stp ? » avec un ton tendu sans sourire, ça veut dire qu'elle est déjà en DEFCON3, (je vous laisse regarder, c'est du jardon militaire américain), le doigt sur le bouton nucléaire et qu'elle pense : « ça fait deux heures que je galère pour faire le ménage, la vaisselle, les lessives, les courses, sortir les poubelles, trier le linge sous ton nez et tu n'as même pas soulevé tes pieds du canapé ! »

Si elle vous dit : « fais-moi un câlin stp, trop besoin d'oublier cette journée de merde au taff » : attention ! Elle n'a pas dit « prends moi fort chéri, oh oui comme ça ! » NON !

Cela ne veut pas dire qu'elle réclame un marathon du string à mettre le feu à la paille de la couche parentale ! Surtout pas !! Calmez-vous messieurs, de la retenue que diantre, offrez-lui déjà un peu de bisous d'ado en guise d'apéro ! Un Ruinart, des câlins tendresse, un cuni peut-être et ensuite on verra !

Quand une femme vous dit, « j'ai envie d'une surprise, qu'on fasse autrement que tous les autres soirs, mais j'aimerais que ça vienne de toi ! » Oula ! Alaaaaarme !

Vous voilà tout bouleversifié, la boule au ventre, le stress, qu'est-ce que vous allez trouver bon dieu !! Mais pourquoi elle me demande des trucs pareils que je ne comprends même pas ce qu'elle veut en vrai ! Votre imagination part en voyage : faire l'amour sur le balcon, mais c'est l'hiver ! Un voyage sur la lune ? Trop cher ! Un troisième mariage ? Elle n'est pas bourrée, donc ce n'est pas ça ! Panique à bord !

Messieurs, respirez-vous, il n'y a pas de piège : regardez autour de vous, reprenez vos souvenirs de vos dernières discussions avec elle, regardez les magazines qu'elle a laissé traîner depuis six mois ouverts à la bonne page au salon avec un post-it et une flèche dessinée dessus ! Vous verrez que la femme est douée d'intelligence, et qu'elle a laissé des indices à votre attention : elle a listé dans l'ordre ce qu'elle veut pour sa soirée « surprise », apéro dans un lieu romantique, grignotage puis massage bougie parfumée et gros câlins avec coupettes et bubules !

Oui messieurs, il y a des choses simples à ne pas rater pour passer du drame au bonheur partagé : il n'y a rien de plus énervant que quand on vous demande « qu'est-ce que tu as envie de faire chou ? » et que vous répondez depuis trente ans la même phrase qui tue « comme tu veux chérie, choisis ! » Tout ça pour qu'in fine, vous fassiez la bouille de blasé lorsqu'on choisit quoi faire à votre place, et qu'on finisse devant « Le jour d'après » et une tisane YOGI BONNE NUIT parce que vous boudez ! Argh ! (Cri de rage de la femme qui explose, les vitres aussi, si possible).

Bref, quand vous, mesdames, vous voulez vraiment communiquer avec un homme, vous connaissez les astuces : une seule idée par phrase, phrase courte, verbes d'actions, lieu, date heure et qui fait quoi, un bisou et toujours : du concret, du concret, du concret ! Les velus adorés, c'est comme avec les animaux sauvages, il ne faut pas laisser l'autre sentir la peur ou le doute ! Au pire, choisissez des gestes simples, un regard et un mouvement du menton et de la main, et vous verrez bien que le plus simple, ça peut marcher !

LA PAIX

La guerre se termine un jour, adieu, le sang et les larmes ! Un beau jour, trois mariages et quinze enterrements plus tard, c'est enfin l'armistice, rangeons nos armes !

Parfois Jane trouve Tarzan, et Tarzan oublie cheeta...ou Jane trouve Samantha et vire Tarzan. Bref, il y a plein de combinaisons possibles, l'essentiel est de trouver son équilibre, et de valider notre choix sans le savoir en traversant le confinement depuis un an sans tout mettre à la poubelle, le bébé, l'eau du bain, et le mec qui avait rempli la baignoire !

Vous le savez bien, les gens heureux n'ont pas d'histoire ! Lorsque les divorces sont loin, que les valentins d'un soir aussi, et qu'on a la chance de trouver un ou une partenaire qui maîtrise la science occulte des femmes, avec la recette parfaite du spritz et du poulet satay, alors il n'y a plus vraiment de matière à être méchante, puisque tout va même trop bien.

A cinquante ans, je me retrouve dans ce cas improbable de situation amoureuse heureuse, que je n'avais pas anticipée !

Il m'est donc impossible de me contre-carrer moi-même, de forcer ma nature critique et acerbe pour me transformer et devenir chanteuse à guitare mais sans voix, larmoyante ou nunuche, déjà parce que je fais le double de leur poids et que m'épancher dans des pages infiniment ennuyeuses pour vous décrire la paix avec mon amoureux serait sans aucun intérêt ! Il y a bien assez de chansons romantiques et de films d'ado et tireurs de larmes sur la planète !

Aussi, je reste fidèle à mon postulat d'origine sur la fonction exutoire de ce livre pour rire avec méchanceté, et je vous résumerai donc la facette positive de l'amour en une simple chanson détournée, parce que déjà, c'est un énorme effort pour moi : j'ai tout donné en positivité !

La voici, rien que pour vous, je vous recommande de mettre la musique de la chanson de Julien CLERC pour lire mon détournement de « Femmes, je vous aime ».

La chanson de la paix

Hommes Je vous aime *(déformée par Sessile)*

Quelquefois
La frousse
Quand soudain le rhume les touche
alors les pauvres… ils toussent

Quelquefois
Si durs
Quand ils nous murmurent
Ta famille quelle torture

Hommes, plus de peine
Hommes, on est sereines
J'en connais même qui ont du style
A voir certains ici ce n'est pas si facile,
D'être au top, de taper dans l'mile,
Juste pour tomber les filles

Quelquefois
Si drôles
quand ils boivent de la gnole
ou même avec la gaule,
Sans le savoir, ils sont si drôles !

Quelquefois
Ailleurs
Pour éviter le dur labeur,
Du ménage, pendant des heures,
Alors là oui, ils partent ailleurs

Hommes, plus de peine
Hommes, on est sereines,
En vieillissant vous êtes moins foufous,
Vos cheveux tombent, le ventre est mou,
Mais votre cœur grandit d'un coup
Alors, vous êtes un peu comme nous

Hommes, plus de peine,

Hommes, on est vos reines,
Y'a pas d'façon de finir mieux,
Que d'être moins seuls sans être vieux,
Un bon st JO au coin du feu,
Eh oui, plus rien, rien que nous deux
Oh ...hommes...
Oh oui, les hommes.

LIVRE V

Et la femme créa...
la Quinquattidude !

Préambule de la conclusion

La QUINQUATTIDUE, elle ne se décrète pas, elle se mérite, elle se construit peu à peu, comme les bourrelets à la taille, avec détermination !

On ne lâche rien sur l'essentiel, on trie l'important du secondaire, on fait un bon gros ménage au karcher des parasites et interférences.

Comme le dit l'adage, il faut toujours finir par le meilleur. Aussi, je vous offre pour clore mon étude sur les QUINQUAGéniales, quelques thématiques vibrantes de réalisme en guise d'exutoire final : le sport, la réduction mammaire, les amies lesbiennes, les soirées avec les copines qui ont bien changées, les chiens à sa mémère, la technologie qui nous veut du mal, et une explication pointue socio-médico-analytique de moi-même sur la soi-disant « crise de la cinquantaine », en enfin, un message non approuvé par le ministre de la santé sur l'hydro alcoolisme !

Une forme O-LYM-PIQUE !

Tout d'abord, le point sport et santé !

Dites-donc, les filles, les gars, j'ai 50 ans et pour ma part, j'ai une de ces patates, moi !

J'ai une forme « O – LYM – PIQUE » !

Attention : c'est du boulot ! Si on ne veut pas que le corps d'albâtre devienne albatros, si on veut avoir le périnée musclé comme Sarko en colère ! Il faut s'y mettre, ou s'y remettre, surtout après le demi-siècle et les demi-pressions au litre au NINKASI quand on se prend encore pour une gamine et qu'on est malade deux jours !

Bon, avant qu'on ne ferme les piscines, (alors que je le rappelle à notre cher comité scientifique de mecs de mes deux...ovaires, il s'agit de bains à base de javel mais je dis ça, je ne dis rien), j'avais relativement bien intégré que le ventre mou, les fesses qui débordent comme mon vase personnel après les devoirs de maths et les chiens qui pissent, tout cela pouvait se traiter en se défoulant, sous l'eau si possible, avec en cadeau bonux, le fait que ce sport soit silencieux, pas cher, et qu'on nous offre shampoing et brushing en soufflerie !

Avant le covid donc, avec une amie donc l'ex était « coach » sportif de la race des accros à la douleur musculaire quotidienne, comme moi à mon kir mûre journalier, on a galéré, mais on s'est remises au sport !

D'abord, la première fois, c'est la plus dure, comme le premier week-end entier avec un nouvel amoureux quand on découvre qu'il pète quand il dort et qu'il est livré avec douche auto Wash permanente, vu qu'en pleine séance de sport multi spire sessuel, il ne transpire pas, le gars, juste il se liquéfie totalement sur toi ! Ah, allez vomir, je vous attends.

Une première fois, vous disais-je.

D'abord, il a fallu trouver la piscine ouverte le week-end, pas trop loin, et que notre GPS nous permette de rejoindre, c'est mieux ! Moquez-vous ! A cinquante pour moi et quarante pour ma pote, on était parties en voiture en mode recherche de notre future piscine à l'ancienne, sans internet : du coup, on était au top, épilée, bien serrées dans nos maillots une pièce de 2001 (ça fait récent quand on lit la date, mais en fait c'est le deuxième effet Kiss coule, c'est super old school !), avec l'impression que TOUT LE MONDE ne regarderai que nous parce qu'on avait pas fait de sport depuis l'antiquité, alors qu'en fait, c'est parce que tout l'attirail pour la piscine, tong plastiques à rayures roses, maillot ARENA rayé, le bonnet tissu qui comprime les oreilles et le cervelet ET le pince nez rose qu'on dirait un porte clitoris en plastique, tout cela nous rend totalement pas glamour !

Nous avons donc fait deux tentatives sans internet, en physique comme on dit depuis le télétravail, et non pas en distanciel, en même temps, tu te vois faire piscine par Skype ??? Dans ta baignoire ? Avec l'attirail complet et en train de nager dans 20 cm d'eau ??

Bon, revenons à nos poissons, nous avons fait deux tentatives un samedi matin : allez on y va, on se motive, on est propre on y croit et paf !

Toute les deux devant un écriteau sur la porte de la piscine : fermée au public le week-end.

Du coup, ma copine, qui n'a pas 50 ans et qui maîtrise la bête ordinateur et gogol, elle a vérifié l'ouverture, les horaires, et tout, et on l'a trouvée, NOTRE piscine ouverte !

Notre piscine, elle est unique en son genre : depuis le premier jour, j'ai une sensation étrange que le destin s'est ficelé pour qu'elle nous attire, comme SALEM a attiré Stephen KING, par un étrange sortilège pas net pour nous y conduire, précisément à celle-là.

Pourquoi ce délire de sortilège et de destin ? Parce qu'en y regardant de plus près, elle se situe entre le cimetière, le centre funéraire crématorium et... le mac do !

En férue fidèle de « SABRINA la sorcière », « Cemetery », et « Buffy et les vampires » (ça vous situe mon haut niveau de maturité et culturel), j'ai vu immédiatement une cause satanique sous-jacente à cette proximité suspecte.

Observons la logique des évènements tels que le seigneur obscur les avaient concoctés depuis les enfers putrides : dans l'ordre, deux super nanas (c'est nous !), on va à la piscine, on nage, puis on sort, on mange MacDo, donc, crise lipidique glucides, on meurt, on est cramé dans une urne et on finit au cimetière juste à côté, avec l'épitaphe suivante : « elle nageait vite, pourtant ! » !!!

Une évidence !

Je détaille le plan odieux : d'abord, on fait ses 30 longueurs, jusque-là, tout va bien, enfin on en bave, mais on les fait. Ensuite, on mange un menu XXL mayo ketchup frites parce qu'on a la dalle en pente, on fume trois clopes parce qu'on a trop mangé, et donc ...clac ! Comme deux couillonnes, on meurt d'une attaque SVG, SUCRE-VIANDE-GRAS !

Le seigneur des ténèbres, c'est bien un mec vous noterez ! Lui qui nous avait déjà jeté les rides, les bourrelets et les cheveux blancs pour nous pousser au péché d'alcoolisme, maintenant il nous prend pour des lapins de six semaines : il veut nous faire croire que c'est « par hasard », qu'il y a un crématorium JUSTE en face de Macdalle et de la piscine ! Ah ! Je me marre ! C'est sûrement un de ses potes qui a aussi essayé de faire croire que « les règles, c'est dans la tête » ! Je me gausse !

Certes, il faut lui reconnaître qu'en bon logisticien, le roi du mal a bien géré ce coup-là, d'une part pour le gain de temps, comme on dit, du client au consommateur, et d'autre part pour GRETA, qu'il aime bien car elle fait suer les anges ! En effet, si on mesure la distance entre la piscine, le macdalle et le crémato, il n'y a pas cent mètres, on évite ainsi toute empreinte carbone inutile. Et bim ! Jeannine !

Coïncidences ? Je ne crois pas !

Dans son plan démoniaque, si un sportif = une âme, (attention, les médisants réunis, je ne sous-entends pas que tous les sportifs n'ont pas d'âme, mais juste que j'ai du mal à prouver qu'ils soient tous titulaires de master 5 en physique nucléaire si l'on écoute les interviews des champions aux JO, mais bon, je m'égare, de la PART DIEU, voilà, comme ça je suis sportive, moi aussi !).

Un sportif, disais-je, égale une âme, donc son plan est parfait : chaque nageur déraisonnable en morbidité au bord du burn-out qui succombe aux sirènes de la malbouffe en sortant de ses valeureux efforts aquatiques javélisés finit dans la jolie petite urne dorée au cimetière en un temps record et sans bouger les oreilles !

Avec ma copine, on s'est dit, même pas peur, on n'ira pas au maquedo, c'est tout, comme ça, on ne tombera pas dans son piège : on a déjà les spritz et des enfants, ça suffit comme contrat diabolique !

On y va, on est motivées, on est bien tintin : on se gare, on descend les escaliers, que déjà, on se sent plus sportives, et on rentre.

Je m'approche de la jeune fille derrière l'hygiénophobe, souriante car inconsciente de son visage peu avenant parsemé de grosses verrues disgracieuses, et je dépose délicatement à travers la fente plastique deux vieux tickets jaunes en papier avec écrit dessus "ville de Lyon piscines municipales", que j'avais retrouvés dans un vieux portefeuille la veille. Je suis comme ça, moi ! J'aime le risque !

Le ridicule ne tue pas, de toute manière, moins que les hommes maltraitants en tout cas, et j'en ai la preuve car depuis le temps que je fais des bêtises à la ville comme à la scène, ça fait longtemps que Lucifer m'aurait pécho !

Bref, je lui demande s'ils sont encore bons, les tickets, (pas elle, vu son sourire à l'envers, ses cratères volcaniques couvrant son visage et ses cheveux gras margarine filasse, on aura compris que les « accueillantes » n'en ont que le nom et ne font pas vraiment de la pub pour la santé par le sport). Aaaahhh j'avoue, je suis méchaaaante ! Mais c'est si bon !

En tout cas, j'ai bien fait de profiter de ma moquerie intérieurement, parce que la réponse divine à mon manque de bienveillance chrétienne ne se fait pas attendre : en prenant mes tickets jaunes d'un autre âge, un fou rire interminable la saisit brutalement et je comprends qu'on est parti pour un foutage de gueule, en l'occurrence, la mienne.

Elle se penche pour appeler une collègue du guichet d'à côté et dresse son bras droit pour montrer mes reliques jaunes : "hey, Christiane, tu en as déjà vu des comme ça ? » « Oula ! » rétorque la baleine à bosse depuis sa chaise rose un peu plus loin, « ça fait au moins 20 ans que je n'en avais pas vus des comme ceux-là ! Garde-les va, on les fera encadrer pour le futur musée de la piscine municipale » !

Voilà, ne souhaitant pas prolonger la séance de « qui se fiche de ma trombine » qui va les occuper jusqu'à la prochaine fois où nous reviendrons nous tremper les cannes, je digère ma première honte, je me tais, je souris et je me retiens de répondre une douceur du genre : « Eh bien moi, c'est votre trombine que je mettrai sur les prochains billets de banque comme ça personne ne voudra les voler ! », ce qui aurait été non seulement puéril mais sans aucune finesse humoristique.

« Vous voulez un abonnement ou un ticket à l'unité » ? Me propose-t-elle, l'impudente ! Pardon ? Quoi t'est-ce que ? Euh, revenir plusieurs fois ? Ma « cops » et moi-même avons échangé ce regard dubitatif des gamins qui ne savent pas s'ils arriveront à refaire le grand huit deux fois d'affilée sans vomir, et à cinquante ans, le courage va de pair avec le nombre de cheveux blancs, donc je prends l'abonnement, fière comme un bar tabac !

Je me colle à la fente de l'hygianophile et je crie « oui, je prends l'abonnement » et voilà pas que notre petite jeune brandit un genre de mini caméra derrière sa vitre dans ma direction et sans prévenir, paf, clic clac ! Voilà t'y pas qu'elle me prend en photo à travers la vitre pour la carte d'abonné !

Eh oui, des fois qu'un vilain méchant voleur de piscine volerait notre carte de piscine en se disant « ouah, j'ai gagné le gros lot, j'ai dix entrées à la pistache ! ». Non mais n'importe quoi !

Elle a à peine dit « souriez ! » que je pensais qu'elle me disait d'arrêter de faire la gueule, et clic ! Elle prend ma tête de piscine, là, sans autorisation signée du droit à l'image, celle des lendemains de bringues gueule de bois, la même que quand je sors les chiens à 6 du mat, celle qui sert à faire peur aux mecs et aux corbeaux !

Ce qu'elle ne me dit pas non plus, et que je découvrirai au moment de descendre vers les vestiaires dans quelques minutes, c'est que désormais, à chaque fois qu'on va passer notre carte d'abonnée sur le capteur du portique infernal situé à l'entrée devant les files d'attentes, il y a notre tronche horrible qui s'affichera sur un écran géant devant tout le monde ! Moi, perso, je serais une maman normale avec mes gosses et je verrais la trombine en question éclairer l'écran géant, je lancerais : « attention, il ne faut pas la laisser rentrer l'alcoolique là, elle va faire peur aux gamins ! Appelez la police ! »

Bon, décidément, c'est de plus en plus satanique tout ça, mais j'y tiens, on y arrivera nom d'une moule marinière !

La suite, c'est l'épreuve des tourniquets, parce que d'abord, il faut arriver à les poser au bon endroit du bidule, les cartes à puces avec ma tronche dessus, sinon, ils ne se débloquent pas !

On est devant les deux tourniquets en fer, vous savez, comme ceux des TCL ou des files d'attente chez DISNEY, avec les trois barres de fer pour vous broyer les tibias et vous coincer dedans. Avec ma copine, on cherche, on cherche, mais on ne trouve pas la fente pour la carte ! On frotte la carte partout, on la met à l'envers et rien !

Au moment où nous pensions avoir atteint le summum du ridicule, l'espoir semblait nous avoir abandonné à notre sort, et là, le groupe des handicapés arrive pour nous sauver ! Un grand gars très sympa me crie « c'est làààà ! » et il plaque violemment ma carte au centre d'un rond lumineux et le tourniquet nous laisse rentrer ! « Merci ! », je lui crie, « Meeerci » qu'il me crie ! Ah oui, au bout de trois fois qu'il me hurle dans les esgourdes son « merci », je comprends qu'il faut lui dire merci plusieurs fois, sinon il campe devant moi bichette, alors je le répète plein de fois et ça y est, on est copains, je peux avancer !

Bon, maintenant que ma cop et moi, nous nous sommes résignées à perdre aujourd'hui toute forme de dignité, on descend les escaliers, on a déjà vachement avancé vers le bord de l'eau !

On enlève les grolles qui puent, on remonte le pantalon en mode pêche aux moules, et on traverse la flaque dégueu pour chopper les verrues et les mycoses qu'ils appellent pataugeoire.

Je vous rassure, personne ne pataugera à plat ventre là-dedans si ce ne sont des virus ou autres bactéries. Enfin, nous arrivons devant les longues files de vestiaires et leurs casiers !

Mes loulous, mes louloutes, vous commencez à me connaître un peu, je ne m'ennuie jamais parce que j'aime bien faire des expériences, mais ce jour-là, je savais qu'il faut aller en cabine se changer et essayer d'utiliser les casiers. Des vrais défis !

On se change, d'accord, mais la première fois depuis vingt ans, on ne pense pas à tout ! On met un jean bien moulant impossible à enlever sans mettre les pieds dans le jus qu'il y a par terre...est ce que je sais ce que c'est comme jus d'humain moi ! Quelle horreur ! Je ressors énervée et essoufflée, et je me fais une promesse : en été, je m'en fous, je mettrai une robe directement sur mon maillot et je repartirai telle quelle, je sècherai dans la voiture !

Bon, mon sac est plein, je suis prête à tout mettre dans le casier ! Je fais comme avant, quand j'étais jeune, (arrêtez de vous gondoler, vous avez fait pareil, j'en suis sûre !) et je sors ma pièce de 1 euro, je me crois en 1990 et je chante Imagination ! Ma pauvre fille ! C'est fini les casiers à sous ! Maintenant, ton casier, c'est un digicode qu'il a ! Et il fait bip, bip ! Ahah ! Misère !

Ils sont quand même prévenants pour les quinquas qui n'ont pas mis le pieds dans une pistache depuis leur sixième et les handicapés, ils ont collé des affiches pour expliquer comment ça marche !

En plus, ma copine, plus jeune et plus alerte, me prête main forte ! Je tape le numéro de mon casier que j'ai repéré, si possible ouvert, vide et propre, et paf ! Le berzingue se met à biper pour bien me mettre la pression pour que j'invente un code secret en moins de quinze secondes ! Heureusement qu'on est là pour se détendre, hein ? Bip ! bip ! Ma copine sautille à côté de moi au rythme des bips qui me stressent et elle me hurle : « Vas-y, mets ton numéro de casier et un zéro après ! » BIP ! BIP ! Je me prends pour JACK BAUER dans 24H CHRONO mais sans les terroristes et la CIA vu que je voudrais juste nager un peu, moi, c'est tout. J'y arrive ! Yes !

La porte du casier est fermée, et j'ai le code en tête ! Je me kiffe grave la life ! Et…je sens sur ma tête mes lunettes…ARHHHHHHH ! Cri du cœur de la quinquasirène au bout de sa vie qui veut aller nager dans de l'eau et qui doit repartir pour l'ouverture casier, fermeture casier, codes. Je commence à avoir envie de me pendre avec ma serviette sur le grand plongeoir.

Bon, je vous résume les vingt minutes suivantes sinon c'est vous qui risquez de vous pendre : à nous deux, nous nous sommes pris au moins deux fois les portes des autres casiers ouverts au-dessus de nous dans le coin de la tête pour bien faire mal, nous avons sautillé en braillant pour faire des codes qui ne marchaient pas, et enfin, toutes nos affaires bien compactées dans le casier fermé pour de bon, nous voilà enfin prêtes pour le grand bain !

Toutes fières de nous, nous partons des vestiaires, serviette sur l'épaule, lunettes de plongée et bonnet en place, prêtes à affronter l'effort, le vrai !

Le Grand Bleu, la descente en acné, bref, le sport et on a la démarche des conquérantes du nouveau monde ! Pamela Anderson, casse-toi, on entre dans la place chérie !

C'est à cet instant-là que nous découvrons au bout du couloir des vestiaires un petit groupe d'habitués, visiblement en train de bien se marrer en nous regardant souffrir depuis le début de nos mésaventures ! Quand je vous dis que la vie n'est pas toujours facile... Pas grave, « la bave du crapaud n'atteint pas la blanche colombe » (CM2, 1979).

En les dépassant alors qu'ils papotent, j'arrive à entendre ce qu'ils baragouinent : « elles étaient avec les handicapés tout à l'heure !» « Ah bon ? Pourtant elles avaient l'air normales !» « Bah, des fois, ça ne se voit pas comme ça, c'est léger, mais c'est bien là ! ».

Bon. On va avancer, hein ? De toute manière, maintenant qu'on a le kit complet, pince nez rose, bonnet, lunettes, ça y est ! On est fin prête pour dire adieu toute possibilité de séduction, on est des moyens de contraception ambulants, des repoussoirs à sexe, comme ma voisine !

Allez, hop, on redécouvre le fonctionnement magique de la piscine : des lignes, séparées par des flotteurs qui arrachent le bras quand tu veux t'accrocher, et des panneaux pour définir à quelle ligne tu dois aller selon le niveau que tu as... ou pas. On n'est pas bien ma titine, on n'est pas bien...

La ligne « Loisirs », c'est la foire d'empoigne, les gosses qui hurlent et sautent sur ta tête, ou les mamies momies qui ne coulent pas mais qui mettent une heure pour faire la moitié de la longueur en tournant en rond bien au milieu pour t'empêcher de passer.

Quelques mètres plus loin, la ligne « Régulier », en y regardant de plus près, c'est pire que le périph à 18H00 !

Ce n'est pas encore la ligne « sportif » ou « avec palmes », mais déjà, ils ont enquillé la seconde les cocos ! Autant vous dire qu'on n'est pas partie pour cette vitesse le premier jour !

Rapidement, on voit bien qu'on n'a pas le choix, la ligne « sportif » et « avec équipement » étant largement colonisées par les requins blancs à aileron fluo, ils ont des trucs super bizarre sur les mains pour mieux attraper l'eau, sur les pieds pour rattraper les crocodiles, et dans les oreilles parce qu'ils ont même le wifi à fond pour mieux tracer des sillons et faire des vagues en face pour te noyer, les salauds !

Avec ma cop, on se prépare au bord de la ligne « régulier », par désespoir, puisqu'on n'a pas trouvé de ligne rien que pour les « quinqua géniales anciennes sportives des années 90 » ! La peur au ventre comme avant mon bac de français quand je devais déclamer du Baudelaire sans pleurer, ma copine et moi nous attendons une trouée dans les files indiennes des nageurs, harnachées, les lunettes pleines de buées, penchées sur l'eau comme si notre stérilet était tombé au fond, aussi stressées que lorsqu' on veut s'intégrer dans une autoroute quand ils sont tous à 120 !

Comme Hubert REEVES devant le spectacle bouleversant du cosmos infini, tu attends le trou noir, tu mesures la vitesse de celui de devant et celle de celui qui arrive, tu es déjà en plein calcul à 9h du mat pour ne pas te faire noyer ! Et puis merde ! Plouf ! Et tu nages, tout de suite, hop ! Je confirme, c'est bien comme le périph, il y a ceux qui savent rouler pis les autres !

Je croise la mémé qui tourne en rond, échappée depuis la ligne « LOISIR », elle a un bras mort qui sert de quille, et l'autre qui s'affaire à 1 cm à l'heure… « Eh, madame ! c'est tout droit qu'il va falloir nager, il y a les autres derrière qui arrivent !! » lui ai-je lancé ! Pff, elle s'en fout, elle tourne en rond et les bébé requins passent autour d'elle. Je me dis, ok, c'est chacun pour son maillot, alors on y va ! GO ! GO ! GO !

Je respire comme je peux, et je nage. Je mets la tête dans l'eau et je regarde le fond grâce à mes super lunettes buée, et…AH ! Quelle horreur !

Mais qu'est-ce qu'il fait juste en dessous de moi l'autre vieux loup de mer dégueulasse qui me reluque !!!!! Il me fait la frayeur de ma vie ! Je hurle, je bouge les jambes, et il ressort plus loin, l'air innocent du gars qui n'a rien fait ! Après quelques bonnes insultes braillées à tout ce petit monde en bonnet et bouchons d'oreilles, qui n'a absolument rien entendu de mon alerte au vieux pervers, le nageophile pervers se barre. Et un de moins dans ma ligne !

Je me fais ma première longueur, en entier, et je respire deux minutes en me tenant à la barre du plongeoir qui t'oblige à rapper tes coudes contre le carrelage et donc à repartir nager tout de suite !

Sur le côté, un groupe de mecs bien gras qui arrivent des douches en mode « non mais tu as vu le beau gosse » attirent mon regard et surtout ma pitié rigolarde : ils ne respirent pas pour tenir le bidou le temps d'arriver à la flotte, ça se voit ! Et plouf ! Quand tu regardes dans l'eau, ah ! Ils se sont transformés dis-donc, dehors c'est ARNOLD SCHWARZY et dans l'eau, c'est MOBBY DICK le cachalot ! C'est fou la chimie quand même, je vais le dire à mon fils de onze ans pour son prochain théorème : tout corps d'homme grassouillet voulant draguer et plongé dans l'eau reprend instantanément son volume initial !

Allez, je suis là pour souffrir, je quitte le mode « observation » et je trouve mon rythme de survie, c'est-à-dire la vitesse de la nana qui reprend un vrai sport après deux gosses et 10 ans sans sport, je vais en baver, mais j'accepte !

Vous savez que j'ai toujours de la chance, et ceci se confirme, car mes potes les handicapés arrivent alors dans ma ligne ! Mon ami « MERCI » super gentil, je l'appelle comme ça depuis l'épisode du tourniquet, il était accompagné de plein de copains et copines super joyeux prêts à mettre un beau boxon dans notre ligne déjà plutôt encombrée. Personnellement, vu mon rythme, je trouvais ça plutôt cool. J'allais avoir des excuses pour suivre des nageurs tranquilles...

Pourtant, et bien que je me considère comme quelqu'un de costaud mentalement, (j'ai réussi une fois à regarder Cyril kanouba en blonde plus de deux secondes sans hurler ni casser ma télé), j'ai dû me contenir ce jour-là, car ce que j'ai vu à la pistache m'a toute remuée, j'ai bien failli appeler la SPA, la MDPH et GREENPEACE !

Les handicapés joyeux et sympas qui nous avaient aidées à passer notre badge, ils riaient, ça se voyaient qu'ils étaient contents ! En revanche, derrière eux, j'ai vu un petit monsieur en maillot sur un fauteuil, il était plié, comme le fauteuil, et on n'arrivait pas à savoir ce qu'il en pensait de la pistache !

Il avait deux accompagnateurs qui tenaient son fauteuil de chaque côté, et, sans prévenir, d'un coup, ils ont saisi les accoudoirs de son fauteuil à roulette, et plouf ! Ils l'ont benné comme une poubelle dans l'eau ! « Et Jeannot, je te parie qu'il ne coule pas avant dix secondes ! une bière ! » « Oups ! Mince alors, il est déjà au fond ! Vas-y ! plonge ! ramène-le ! ».

C'était horrible ! Ils sont allés le repêcher en profondeur et ils l'ont remis roulé comme un nem dans sa serviette sur son fauteuil roulant puis ils l'ont collé devant les sèche-cheveux fixés au mur, et ils l'ont laissé sécher là ! Quand je vous le dis, que le sport, c'est pour les brutes qui aiment souffrir !

Encore choquée de cette scène terrible, j'ai vu ma copine arriver vers moi, toute rouge de rage, et elle m'a expliquée que si l'autre « pouf de la ligne régulier n'arrêtait pas de la doubler en crawl pour lui jeter des grands seaux d'eau dans la mouille et lui foutre des coups de griffe des pieds dans la cuisse à chaque tour, elle n'allait pas tarder à lui tenir la tête bien au fond pour récurer les carreaux avec ses fausses dents ! ». J'ai senti qu'il fallait tenter le bassin extérieur qui était ouvert en été pour éviter un meurtre !

Dans l'autre bassin, il y avait un genre de koh lanta aquatique gonflable géant qu'on aurait dit un mélange d'Intervilles et de Total Wipeout pour enfants ! Ce machin-là, ils appellent ça le WIBIT ! J'ai cru que c'était un curé pédophile qui avait inventé le nom ! C'est ce qu'on a dit aux moniteurs en haut de leurs chaises de bar blanche : « les gars, sérieusement, ce jeu pour enfant il s'appelle 8bit ? WIBIT ? Parce que neuf bit, ça aurait été délicat pour des gosses c'est ça ? ».

Bref, mis à part le nom fort mal choisi, il s'agit en gros d'un parcours avec des épreuves gonflantes et gonflables, et plein de gamins de 8 à 16 ans qui grimpent à leur tour pour faire le parcours entier. « Trop fass, t'as la classe ! » c'est ce qu'ils disent les chiards. Moyenne d'âge de 10 ans, et nous…90 ans à nous deux ! On ne change pas une équipe qui gagne : on y va, on est à fond !

On a bien fait la phase d'observation des gamins pour voir comment qu'ils s'accrochaient, glissaient, sautaient, grimpaient jusqu'au bout !

A la fin de la file d'attente des gamins qui se disaient entre eux que si leur mère faisait ce parcours devant tous les copains, ils l'abandonneraient sur place, on s'est lancée, toutes les deux !

Ce qui devait arriver arriva : on s'est vautrées au moins trois fois avant d'arriver au bout ! Avec mes grosses fesses et mes nibards de vache laitière cantalou, déjà, j'ai eu du mal à tenir accrochée aux poignées pour traverser le premier niveau ! Une fois ce niveau passé, je suis si contente, je prends de l'élan et j'arrive à marcher sans tomber sur le boudin branlant pour traverser la phase 2 ! Ne me reste plus qu'à grimper sur le triangle de la mort et je glisse peinarde de l'autre côté, c'est fini !

C'était sans compter sur mon corps de déesse...de la raclette, et vas-y que je grimpe, arrivée en haut, je passe mes roploplos, je me penche, je tends les bras pour glisser, et...rien ! Coincée !

Le bas de mon corps avait décidé de rester en vacances de l'autre côté, mes fesses me narguaient genre non mais tu crois vraiment qu'on va passer là ?

Ce qui offrait aux trente gosses qui se fichaient déjà de nous tout le loisir de se moquer totalement de mon derrière et de mes pauvres performances.

Pour en finir avec l'horreur de cette scène animalière cruelle, j'ai dû appliquer la technique efficace et pas chère que Brigitte Bardot connaît bien, celle du phoque blessé échoué sur une banquise gelée trop collante : j'ai secoué mon corps musclé (surtout de l'intérieur) pour faire avancer mon postérieur et mes nibards peu à peu...avec l'eau mes cuisses collaient le plastique, mais j'ai réussi ! J'ai glissé avec la même élégance que le vieux lion de mer aveugle qui rejoint l'océan aussi vite que l'étoile de mer en rut, puis d'un coup d'un seul, je suis enfin tombée comme un caillou avec un gros « splash », ce qui a fini de me prouver que je ne pourrai pas participer aux prochains JO dans la catégorie nage synchronisée et autres gracieusetés aquatiques !

Mais je l'ai fait bon dieu de nom de Zeus de Mathieu ! Motivée par ma prestation qui la couvrait pour toute honte potentielle à venir, ma copine a poussé les gones, et elle a fait aussi le parcours du combattant nautique ! Certes, en plus rapide car plus jeune et svelte, sauf qu'elle est tellement grignette qu'elle, c'est entre les trous du château flottant gonflable qu'on l'a perdue plusieurs fois avant d'arriver à faire la totale, épuisée et pleine de griffures sanguinolentes que les coutures plastiques rigide de cet enfer sur mer lui avaient infligées !

Je ne vous dis pas à quel point nous étions fières, on se prenait pour RAMBO 2 quand il rentre des camps viets plein de sang et qu'il a vaincu l'ennemi !

De rage, on l'a refait trois fois pour finir de ruiner les espoirs des gamins qui attendaient, éberlués devant nos blessures sanguinolentes, notre physique, notre mental de dingo, sans doute un peu tout ça : on a tout donné, haletantes comme pendant un accouchement. Ouf ! Quelle aventure ! WE DID IT ! Nous sommes parties vers les vestiaires sous les applaudissements des fans...handicapés et de monsieur MERCI ! Merci !

Galvanisées par ces efforts dignes des handi-jeux on file aux douches, et…je me trompe de couloir de douches : on tombe côté mecs, mais il n'y a personne, donc on ne s'en rend pas compte ! Trois gamins débiles arrivent et se mettent à couiner en imitant Beyoncé en pleine extase, il semble bien qu'ils tentent de se moquer de nous ! Toujours très calme, mais ferme, je m'en vais les faire taire : "non mais vous n'avez pas fini de beugler bande de nases, vous n'avez jamais vu de femmes en maillot ?!" et on ressort des douches en ayant engueulé les brayards !

Un des employés de la piscine s'approche de nous, il retient un fou rire, les larmes affleurent au coin des yeux, tout gentil, il me dit avec sa collègue à côté, « ah mais c'était vous qui criiez depuis la douche des hommes sur les gamins ? Forcément, ils faisaient de drôle de bruit les garçons, vous étiez dans les douches réservées aux hommes, pas mixtes quoi ! Mais bon, ça ne leur fait jamais trop de mal d'être calmés, par contre, si possible, la prochaine fois, si vous pouviez rester dans les douches des femmes… merci ! ».

Voilà…entre la tête rouge, la marque des lunettes qui ventousent les yeux, les cheveux ni secs ni propres parce que j'avais oublié mon shampoing, mes jambes et mes bras endoloris par les trois tours de manège pas enchanté, et ma collègue pleine de stries rouge dans le dos qui saignait tellement qu'on aurait dit qu'elle avait dû sauver un tigre de la noyade en le portant sur son dos, on se sentait…fières et heureuses mais laminées !

On a finalement réussi à sortir de la piscine par le bon couloir, alors je ne sais pas si c'est l'émotion, le chlore ou les neurones noyés dans la javel, mais on a voulu se faire plaisir, après l'effort le réconfort et surtout oublier toutes les personnes qui avaient eu l'occasion de se foutre de notre bouille ce matin-là qu'on aurait dit que c'était la vengeance de Lucifer qui n'avait pas réussi à nous crématorier (j'invente, je fais ce que je veux, c'est mon livre), et on a fini chez moi pour l'apéro, avec ma pote ! Je peux désormais en témoigner personnellement en tant que cobaye de cette expérience, après des efforts en piscine et à jeun, un seul kir à la mûre, ça tape comme une margarita frozen bien dosée ! Aie ! Je n'ai jamais touché ni au lsd ni à la cocaïne ou autre, mais j'imagine que ça doit y ressembler, on était déglinguées !

N'empêche, avec tout ça, je vais vous dire, moi, j'ai 50 ans, je suis fière d'être allée à la piscine, même que j'y suis retournée toutes les semaines avant que le covid nous bloque ! Et oui, ça nous manque, c'est une aventure à chaque fois selon qui vient faire le crouton dans la soupe, en tout cas, on rigole bien avant, pendant et après ! Et puis comme dit ma copine sportive, « Avec la piscine, on élimine ! » quoi, je ne sais pas, mais il paraît que c'est bon pour la santé !

Alors dès qu'on pourra à nouveau nager dans la javel et le pipi des autres, j'y retournerai, et je vieillirai sans doute alcoolo et pleine de rhumatismes, mais au moins, je continuerai de flotter en chantant « La piscine, c'est avec ma copine ! C'est ma vitamine, le chlore, ça tue la vermine ! Avec la piscine même morte je serai plus fine ! Vive la pisciiiine » !

Eloge funèbre inattendu !

Quand je vous expliquais que nous, les femmes quinquas, nous prenons à cœur notre santé, j'étais très sérieuse !

Un beau matin, dans le miroir, j'ai vu ma grand-mère alors que j'étais maquillée ! C'était moi ! Et mes seins énormes qui me donnaient un profil de 80 ans et qui entraient toujours en premier dans une pièce ! J'ai donc décidé de sauter le pas, et de faire réduire mon profil et mes factures en soutif !

Pour cette occasion, j'ai écrit une ode à mes tchoutches, mes nibards, que je vous offre car il n'y a jamais assez de poésie dans ce monde de textos phonétiquement insipides ! Mes loulous, mes louloutes, je ne pouvais vivre ma transformation sans vous déclamer l'adieu émouvant que j'ai écrit pour mes deux doudounes, pour rendre ce dernier hommage rempli d'émotion et de graisse naturelle ! Je vous recommande d'accompagner cette lecture de la MARCHE FUNEBRE de Chopin au piano.

La poésie de Vénus

« Mes chères amies, mes chers poteaux, c'est décidé, je vais lâcher la moitié de mes deux protubérances mammales qui iront rejoindre le nirvana des jumelles !

Adieu donc et bon voyage vers le paradis des glandes et de la graisse, celui des restes du boucher et des sorties d'hôpital, du MacDo, des fins de guerre et de la cantine !

Merci pour ces trente ans de fidélité de mes deux bols de Jelly, malgré des débuts difficiles, car ils m'avaient attiré des déboires avec les Cros magnons, plus prompts à les regarder plutôt que mes beaux yeux noisette, sans espoir de connaître un Hominidé dont la vue s'élèverait jusqu'aux cimes de l'âme des femmes, plutôt que ramper vers l'ordinaire niveau de leurs deux intelligences, pas toujours artificielles !

Oui, moi, la porteuse de ces deux jumeaux, j'en avait bien vécu des péripéties à cause de ces deux collants cadeaux de mère nature !

Mère nature, qui, entre parenthèse, a tout spécialement décidé de faire suer les femmes, vu qu'elle a offert le kit mains libres aux hommes, (je ne vous fais pas de dessin mais ils ont une poignée), alors qu'elle a fait livrer à toutes les femmes du monde par DPD, les règles, les gros seins, l'accouchement et la ménopause !

Mais revenons à mes roberts.

Lorsque je portais un maillot de bain fluo, même les bateaux au large St Malo me prenaient pour une bouée ou s'échouaient sur les rochers...alors je me résignais, me laissant flotter sur le dos avec mes deux flotteurs dressés vers le ciel ! Pamela Anderson avait pu en faire une série, sur ses lolos, au moins un bénéfice pour l'une d'entre nous !

J'avais également dévoré le budget soutiens gorge à force d'user des soutifs à 500 balles en fer forgé qui s'affaissent de la dentelle en un mois ou laissent s'enfuir un des deux filous par-dessus le bonnet quand on court après un bus.

Devant tant de malheurs quotidiens, mes deux HINDENBURG nains comprirent qu'il fallait se faire discrets, camouflés dans des soutiens moins pigeonnants, sous des tee shirts XXL ou des pulls col roulé, même en septembre lorsque l'automne n'a pas encore jeté les feuilles et mes seins à terre.

Certes, il y avait un côté pratique, pour attirer le mâle reproducteur. Mais c'était tout. Aussi j'en conclus qu'il était temps de penser à moi, mon dos, mon portefeuille, et mon envie d'acheter un jour une robe en 42, avec laquelle je pourrai enfin distinguer mes pieds sans besoin d'un rétroviseur, et de virer le trop plein de glandes et de foie gras stocké dans les nénets pour vivre ma vie légère au nom du sein d'esprit !

Alors que parfois certaines se font rajouter des roploplos pour mieux attirer le poilu, moi j'ai dit adieu à ma grand-mère dans le miroir et dans la foulée, je me suis débarrassée de mon surplus, non militaire !

J'ai dit adieu aux insupportables paires pesantes sans apport si ce n'est lipidique : adieu mes nénets, mes balloches, mes jumelles, mes nichons, mes phares, mes péninsules ibériennes, mes roploplos, mes nibards, mes lolos, mes pare-chocs, mes tchoutches, mes airbags, mes pastèques, mes melons, mes lolos, mes pommes de vénus, mes citrouilles, mes arguments de poids, mes diplômes, mes montagnes, mes stocks à lait, mes bouées, mes flotteurs, mes atterrissoirs à mains, mes ballons de foot, bref, ma grosse poitrine !

Adieu, Pamela Anderson et le club des deux loches,

Adieu, les tee-shirts XXL bien moches.

Adieu, les épaules ravagées par les tranchées de 14 - 18 creusées par les bretelles sur ma douce peau de déesse épuisée par le poids de la vie.

Adieu, les deux trous d'obus dans le sable creusés par mes seins, où les crabes font leurs grottes à marée basse chaque été.

Adieu, les requins qui me prennent pour une bouée quand je fais la planche avec mon maillot fluo !

Adieu, les dodos uniquement sur le dos, car si je dors sur le ventre, je meurs d'asphyxie telle la vieille baleine échouée sur une plage de Californie.

Adieu, les regards bovins des hommes qui regardent très fort mon sillon parabellemère, et croient pouvoir faire un copier-coller de mes lolos sur leur femme par « lolopathie » !

Adieu, le plaisir de ces hommes d'avoir les mains pleines et bonjour le mien de les avoir enfin libres !

Adieu, le cimetière des moustiques entre mes deux pamplemousses roses qui, en s'écrasant l'un contre l'autre sans prévenir, aplatissent la pauvre moustiquette en train de piquer qui finit en crêpe entre les monts de vénus en lâchant son dernier bzz zzz.

Adieu, les mammographies tortures où les femmes en blanc sadiques resserrent tout doucement la plaque de plastique sur mes glandes avec ce sourire cannibalesque, écrasant peu à peu mes lolos innocents comme si ma poitrine était un gros jambon à l'os et elles la bouchère qui passe la machine à découper...

Bonjour, les petits maillots de bains à fleur ridicules, avec des petites brides en ficelles sans baleines en fer qui coupent la respiration !

Bonjour, les petites robes qui restent à la même hauteur même quand je lève les bras !

Bonjour, les trajets en bus sans que le chauffeur me dise avec sourire « madame, asseyez-vous devant, vous êtes prioritaires, vous allaitez » !

Bonjour, une vraie discussion avec un homme sur un sujet complexe avec des vraies phrases sans voir leur regard tomber en hypnose sur mes deux nibards endormis.

Bonjour, le sport, courir sans harnais nibaresque » ou brassière de lanceuse de poids, délivrée libérée, je fais du bonnet c !!

Bonjour, des câlins avec un amoureux qui saura trouver mes yeux parce qu'il aura regardé au-dessus des deux boules de Jelly et qu'il s'intéressera à l'ensemble de ce corps d'albatros gracile qui rêve d'être découvert, pas comme les îles vierges qui nous demandaient surtout qu'on les oublie au lieu de leur jeter notre plastique à la gueule !

Bonjour, des repas au restaurant sans avoir soit toutes les miettes au balcon ou sous mes seins car la table est trop haute !

Voilà ! Emportée par cette communion avec vous, chères lectrices et chers lecteurs, ô combien sensibles aux problématiques des femmes en bonnet F qui veulent revivre normalement, je peux envoyer au paradis mes gentils nibards pour services rendus à la mâle patrie avec votre bénédiction !

J'ai deux chiens, une chatte (et je ne suis même pas lesbienne), deux kids et deux ovaires, dont je ne peux pas me défaire sans avoir la SPA ou la DASS aux miches, mais je peux me séparer de ce duo-là : adieu donc, mes fidèles et collants compagnons de toujours ! Entre nous, ce n'était plus possible, vous étiez trop lourds.

En guise de conclusion écologique, Greenpeace soutient mon opération, parce toutes les femmes à gros bonnet opérées pourront conserver un soutien-gorge plus d'un an, signant la fin des ateliers où les petits esclaves pakistanais fabriquent nos porte nibards, et qu'en prime, en une opération avec 1 kilo de graisse enlevé par sein fournira la vie claire avec une graisse naturelle premier choix, puisqu'on connaît parfaitement l'alimentation de la bête, et que la traçabilité de notre graisse est parfaitement garantie, au même titre qu'une andouillette bobosse !

Voilà, l'heure est proche, et je m'en réjouis, car je le clame haut et fort : cet adieu, j'en suis fière, bye, bye, la vache laitière ! »

(Voilà, c'est fini, vous pouvez couper Chopin, pleurer un brin, et vous resservir un verre !).

L'avenir sera gay !

En vieillissant, on se bonifie, comme le bon vin. Voilà encore une des idioties que les vieux, mais en réalité, on vieillit, et on cumule des nouvelles expériences qui ne nous servirons plus puisqu'on n'aura plus la force de les revivre, c'est tout le paradoxe de l'âge.

En revanche, on découvre tous les jours des facettes de la vie si on garde l'esprit jovial de la jeunesse intérieure. En ce qui me concerne, c'est plutôt tard dans ma vie que j'ai découvert un monde merveilleux : celui des femmes et hommes homosexuels, les gays !

Et bien figurez-vous que je pense qu'elles et ils sont l'avenir de la terre ! Si ! Préparez le matériel adéquat, l'avenir est au pluralisme, et pas que politique ! Soyons réalistes, après études et analyses, rien qu'au niveau sexuel, les gays sont des cadors du plaisir ! Forcément ! Elle et ils sont montés pareil que leurs partenaires ! Trop facile Achille !

A l'inverse, est-ce que vous demanderiez à une aveugle de choisir la couleur de votre chemise ? Alors pourquoi demander à un hétéro de base de trouver le petit bouton nucléaire d'une poulette quand il a déjà du mal à monter une table Ikea et sa femme dans le bon sens, sans que la table finisse en robe et sa femme avec un clou dans le front !

Tandis que les gays, ils peuvent même le faire les yeux bandés ! Grrr c'est bon ça hein ! Mince, j'ai réveillé les instincts de stupre de mes lectrices alors qu'on est en plein couvre-feu ! Vite ! Pensez à l'accouchement et à votre belle-mère, et vous ferez retomber cet élan de libido fugace !

Bon, autre argument de poids, comme feus mes deux seins d'avant, les gays sont plus belles et beaux que les autres ! Ah si ! Et je le prouve ! Fermez les yeux imaginez : Ricky martin, Roch voisine, Jodie Foster et Valy ? (Vous ne la connaissez pas ma copine, mais j'avais promis une dédicace, et en plus, c'est vrai qu'elle est lesbienne et qu'elle est très belle, alors voilà, c'est chose faite) ! Ça envoie du joli, madame !

Maintenant fermez encore les yeux, et cette fois, imaginez : Jean Luc Lahaye, mémélenchon, Johnny avant le cercueil et Brigitte bardot de nos jours !

Vous êtes calmées d'un coup, n'est-il pas ?

Heureusement ? il y a Manucron, il est trop beau, trop fort, il est partout ! Il n'est pas bi mais tri…sélectif !

Un pro du recyclage le bogosse ! Mais si, avec sa douce Brigitte : la prof de français, il l'a recyclée en Barbie papillon ! Je m'explique Madeleine : avec ses jolies petites cannes toutes frêles et ses petites jupes, il l'attrape, sa BRIBRI de compète, et il frotte très fort ses gambettes l'une contre l'autre pour faire démarrer le moteur bio, elle tourne, elle virevolte, et elle déploie ses petites ailes sous son tailleur chanel rose et frrrrrr ! Elle s'envole comme un hélicoptère au-dessus de nos préoccupations terrestres pour élever le débat, merci BRIGITTE ! Bon je me calme et j'arrête de trier les anciens jouets de ma fille, je jette sa Barbie papillon, ça me tape sur le système ces poupées ringardes, ça vrille ma modernité et mon humour noir et je deviens DORA sous herbes Ducros !

En fait aujourd'hui, les hétéros à poils durs primaires reptiliens qui sentent la victoire, c'est un peu comme les dinosaures, ils n'ont pas compris qu'une bonne grosse météorite va leur tomber sur le coin de la trombine un de ces quatre, c'est moi qui vous le dis et elle ne viendra pas de Kim ping pong ! Ils n'ont pas conscience qu'ils sont en voie d'extinction, même sans covid !

Ils sont dans la liste, juste à côté de l'abeille sans dard et des orangs outan à huile de palme de l'Amazonie Bolsonarique.

L'extinction est en cours, et pas seulement celle des cons, sinon on aurait moins de 5000 gonzes en réanimation en France et on ferait déjà la teuf en terrasse sans masque au mois de mai !

C'est déjà dans Sciences et nature, mesdames et messieurs : il ne restera bientôt plus que des homos et des bi bio ! Oui : bi bio, des bi, beaux, qui mangent bio, c'est la vie qu'il vous faut ! (Dites-le vite c'est drôle !) Je me calme, décidément, c'est le post-pré-confinement qui n'en finit pas de ne pas se terminer, ça m'énerve.

Les bi-bios, ils aiment surtout le tofu, ils sauvent la planète et ils commandent leurs kids sur catalogue ! En plus, en ce moment, il y a une promo GRETA : un enfant acheté, dix arbres replantés ! Vous ne me croyez pas ? Ok alors, j'argumente, je développe ! (Je sais, je devrais arrêter de me développer mais j'aime trop les tapas en buvant du Tunnel, je vous laisse chercher cet alcool Majorquais divin sur internet).

Bon revenons à notre sujet : les hétéros, au départ, ils étaient là pour tenter de se reproduire dans les buissons avec un humain, un sanglier ou un vélociraptor juste pour éviter que le loup des steppes ne dévore les derniers êtres humains en un seul hiver... mais maintenant, il n'y a plus de risque de voir la race humaine péricliter, sauf par surpopulation et covidage !

Entre temps, discrètement, les gays ont gagné ! Merci la science ! Ils n'ont pas d'enfant, ou ils font leurs bébés à eux ! Surtout les riches, 20 000 balles le mioche, ça fait cher le kilo !

Pour ma part, même s'il a des dents en or et un QI de 150, je ne ferais pas un crédit pour un bébé, je prendrai un cavalier King Charles à 800 dollars, plutôt qu'un made in Guatemala qui va nous ruiner en psy, mais bon, les hormones d'envie parentale, ça rend aveugle ! Quand même, il faut le reconnaître, cette Dame nature, quelle saloperie de dealeuse d'hormones !

Maintenant, en ces temps modernes, où Trump et Sarko croulent sous les procès et où les gamins de trouent le bide au couteau dans les banlieues à 15 ans, les hétéros bas du casque ne servent plus à rien ! Juste à polluer et faire la guerre ces couillons !

Ils fument, ils boivent, ils dépriment, ils vont faire un trek pour se « trouver » alors qu'ils ne trouvent déjà pas leurs propres chaussettes dans leur tiroir, ils font des gosses à la pelle que des fois on en retrouve dans des congélo !

Je sais, c'est moche !! Plus de place dans les écoles, dans les facs, sur Terre quoi !!! Non mais allo Pédro !!!

Alors que les gays, et de UN, ils bossent plus dur depuis tout petit, forcément quand on est deux en un (je vous arrête tout de suite : attention pas de ça chez nous ! Le bas de gamme sous-entendu dégueu, c'est pour les hétéros sans neurone, adieu ! circulez, il n'y a rien à voir !) deux en un, une fille dans le corps d'un homme et un homme dans le corps d'une fille ! Donc les gays, les lesbiennes, les homos, les bi, trans, peter pan, bref, ils se bagarrent dedans leur âme depuis tout petits ! Ce sont à force des vrais Warriors de la vie ! C'est logique !

Pendant longtemps les hétéros CRO-mignons batifolaient dans les champs à brouter des gazons en sifflant Sardou qui avait envie de violer une femme, courant après les barbies pour qu'ils les Ken, (je vous laisse digérer cette vanne de haut vol, comme Carlos Ghosn, ...Barbie... Ken ...Carlos ...Vol...ça y est, vous vous remettez ?).

Pendant ce temps donc, les gays, ils et elles bossaient leurs exams de médecine ! Comme ils mettent trente ans avant d'avoir une carrière et d'envisager des enfants pipette, ou de laisser la paternité à d'autres, ils ont des beaux apparts, ils voyagent, ils bronzent à Mykonos, elles font des rallye Harley Davidson sur la road 66 et des trips hindous, le bonheur !

Alors que les hétéros, ils suivent papa maman et la société, crédit voiture, maison, ils font des gosses au hasard, ils divorcent ou ils tuent leur femme, la découpe et la brûle dans une forêt et après et pleurent à l'enterrement ... ou bien, leurs enfants leur bouffent leurs sous et boivent leur sang...Ffff.

Bref, à force de vouloir coller aux clichés des « bons humains » des magazines, ils finissent par nous faire des ulcères, alors que les copains et copines gay mangent des graines, font du sport et se mettent des crèmes partout, les filles comme les gars ! Si !

Forte de ces nouvelles informations, et sauf si ma fille tombe amoureuse d'un hétéro qui assure, je lui dirai de faire lesbienne quand elle sera grande, ou bi mi bio, parce qu'elle n'aime pas le tofu et que le temps que son père comprenne le sens de ce statut complexe, elle sera déjà à San Francisco en plein mariage gay friendly !

Et pour mon fils, pareil, comme ça je le garderai toujours près de moi, on fera péter du MAMMA MIA le dimanche en chantant devant la télé et il s'occupera bien de sa petite maman (PSYCHOSE le remake) !

Voilà, tout est dit désormais : l'avenir sera gay, faites ce qui vous plaît !

Elles ont morflé ,
les SPICE GIRLS !

Ah ! Les copines que l'on a encore à 50 ans, ce sont les meilleures ! Elles sont comme nos idoles, elles ne vieillissent pas, elles se mijotent, se confisent dans l'eau de vie, comme les griottes et les Spice Girls !

Déjà on les adore parce qu'elles sont encore vivantes, et aussi parce qu'à cet âge, ce sont les seules à comprendre la différence entre un cuni et une cuti, à boire autant que moi, à avoir du vécu : avec elles, les soirées sont toujours très drôles et super animées !

D'abord, les soirées, elles aussi, ont évolué depuis celles de nos 40 ans ! Avant c'était : « pump it up pump a Jane ! » avec Whisky coca ! Les soirées n'étaient réussies que quand le doliprane effervescent café devenait le seul petit déjeuner possible le lendemain...

Désormais, les vendredis soir, le père récupère les enfants à 18h00 et clac ! Musique à fond, Mama Mia bien sûr, le bain moussant qui coule, la crème épilatoire prête et le rosé pamp posé au bord de la baignoire !

Ensuite, les sms à la super copine, on enclenche le préchauffage à la vodka pomme dès 19h30, je balance du Earth Wind and Fire, « DO YOU REMEMBER, september ! » parce que quand on est fraîchement divorcée, on se sent « libérée délivrée j'ai vraiment envie de m'éclater » !

On économise le coût du drink en boîte, on se prépare psychologiquement, et on grignote du taboulé tomate cerise histoire de ne pas faire de coma éthylique !

A 44 ans, j'étais à fond dans ce genre de trip ! Maquillée, parfumée, prête à me prendre pour une gamine de 25 ans, collant taille fine que tu respires plus dedans et que t'as mis deux heures à enfiler en sautant pour faire rentrer chaque bourrelet ! Et hop ! Imaginez la scène : on arrive au KK, et je perds 20 ans ! Et que j'enquille le margaritas frozen, et que je danse, et que je « transgoutte à grosse pires » (dixit mon tonton à l'humour ravageur et aux contrepèteries riches), et que je monte sur les cubes géants parce qu'avec mon niveau de vodka je pense que je suis roulée comme demi

Moore alors que je suis surtout gaulée comme un demi, et qu'ils crient tous « no Moore » ! (Je l'aime bien celle-là, j'en suis fière Albert !).

Pas grave ! Ma copine se marre, elle fait tout pareil ! A 3h du mat, à l'époque, j'avais même pas mal aux cheveux, je trouvais les serveurs trop mignons, et même je proposais à ma cop de la conduire pour le retour : allez, pas de souci, je suis au top ! non, non, qu'elle dit, comme Amy, no, no, no !

Elle a bien raison, parce qu'en rentrant dans la voiture, déjà, je tourne la tête super vite et oh, l'image arrive après le tournage de tête…décalage sidéral…Pour ouvrir le toit ouvrant, je ne mesure plus ma force et crac, je pète le bouton qui me reste dans la main. C'est officiel, je suis pétée aussi ! Avec ma perruque argentée et mes lunettes qui clignotent arc en ciel que je ne me souviens même plus à qui je les ai piqués, elle a bien fait ma cop, de me coller sur le siège passager.

Mais tout ça, c'était AVANT !

Après mes 50 ans et juste avant le covidage du monde entier enfermé dedans, sans m'en rendre compte, je suis devenue un peu sourde et pourtant, je n'aime plus allez en boîte… Les musiques de boîte ne me plaisent plus, et j'ai un mec à la maison souvent, alors, du coup, je préfère la piscine pour me défouler et je mets toujours mama Mia mais seulement quand je suis seule. Alors là, je chante et danse dans mon salon, avec les deux minettes qui fuient et les deux cavaliers King Charles qui aboient sur moi !

Les soirées boîtes sont devenues les soirées copines, on se déhanche moins, mais c'est vachement plus marrant ! On va au Chantecler, à Croix-Rousse, ou dans d'autres restos sympas, bah oui, on a une carte pour nos tickets restos maintenant qu'on a un job, c'est moins glamour mais au moins on sort et on se prend pour crésus !

Et là, on balance du steak à moins de 5% de gras sans tartare : sexologie, météo, matrimonial, coaching minceur, bio, écolo, médical mais surtout, on dit du mal et on se fend la gueule !

Tout le monde y passe, parce qu'après un certain stade dans la vie, on a toutes des bons sujets d'études : des ex, des patrons, des collègues, des familles, des voisins, des gamins et plein d'ennuis qui tombent à la pelle comme nos paupières malgré la crème au placenta ou au sperme de castor !

Dans ces moments-là, les mecs nous entendraient parler, je crois qu'ils nous donneraient l'oscar de la meilleure actrice dans un film d'horreur !

« Oh lalala ma pauvre, trop dur que ton ex ait refait sa vie, il a même refait un gosse ? Toi, ça va, tu encaisses ? Ce n'est pas trop dur ?»

« Tu rigoles ? Je suis trop contente, il me lâche un peu comme ça avec ses colères d'ex parce que le petit a les ongles des pieds trop longs quand il le récupère, mais bon, vu qu'il est toujours le même, dans 3 ans, la dernière aura craqué et se sera fait la malle avec le dernier rejeton, et ça lui fera une pension en plus, je n'aurai plus qu'à monter le club de ex ! Tu sais comme dit CELINE DION, « on ne change paaas, on met juste les costumes des autres et voilaaa » lui il porte des costumes tous les jours, c'est te dire la souplesse mentale du mec ! »

« Ton ex, je l'ai vu l'autre jour à l'école, mais vraiment, il ne te méritait pas ! Excuse- moi, mais il n'est pas beau ! Tu étais bourrée ou quoi pour le mariage ? »

« Eh bien le tien, je l'ai vu l'autre fois devant chez toi au moment du passage des gosses, il te regarde encore les seins, je te jure ! Il éprouve encore quelque chose pour toi ! Enfin, autre chose que la rage quand il fait les virements de pension ! »

Une fois qu'on a fait le tour de l'état psychologique et financier des ex dont soi -disant « On n'en a rien à foutre », on attaque les gosses, les crises d'ado, et surtout, le médical !

Alerte ! Quand on devient mère, on se prend pour Doctissimo ! Toutes ! Vous le savez ! Et c'est super chiant pour les autres, mais on ne peut pas s'empêcher, on est toutes formatées pour soigner le monde entier ! Et surtout, on a toujours mais alors TOUJOURS RAISON !

« Ton fils il a un œil gonflé ? bah tu masses avec de l'aloe Véra et tu nettoies au sérum phy ! »

« Il a tout vomi hier ? bah coca sans gaz Smecta et riz avec l'amidon ! »

« Il est mort dans la nuit ? bah au congélo et tu appelles les pompes funèbres, vu qu'il est petit, tu négocies pour pas cher ! »....

Ouais, une femme dans ces moments-là n'a plus de peur, plus de pudeur, le gore est toujours le plus fort !

Et vas-y qu'on explique tout sur les panaris, les boutons d'acné qui suintent, les pieds qui puent, et finalement, à côté, les détails sur nos accouchements sont super light !

On mange du taco trempé dans le guacamole vert et on parle FURONCLES sans problème ! C'est là, qu'on sait qu'on a basculé côté « rien à battre » d'un coup d'un seul !

Une femme pourrait accoucher devant nous là au resto, je suis sûre que déjà, une des copines serait chargée de surveiller nos verres et nos sacs pour éviter les vols et ne rien perdre, et qu'on serait déjà trois à faire bouillir de l'eau, stériliser un couteau de cuisine et arracher les nappes pour préparer l'arrivée du machin pendant qu'on commanderait une andouillette sauce moutarde, et qu'une d'entre nous demanderait sûrement si on peut garder le placenta pour faire nous-même des tonnes de crème antiride ! Plus rien ne nous touche, sauf nos chéris le vendredi soir, et comme je dis toujours, plus rien ne peut nous faire peur, j'ai des gosses !

Bon, il y en a toujours une au milieu qui est plus jeune et qui prend peur en nous écoutant, mais c'est le risque quand il y a des invitées surprises non membres du club des quinquas, dans ce cas, il vaut mieux la faire boire et veiller à ce qu'elle n'entende pas tout, c'est pour sa survie mentale, sinon on la tue, la gosse.

Oui, les soirées copines, on se sent comme dans Star mania : « quand on arrive en ville, tout l'monde change de trottoir, on n'a pas l'air viril mais on fait peur à voir » ! Je suis sûre que celui qui a écrit ses lignes nous avait croisées en virée... On est belle, on sourit, on est au top, surtout de la modestie, on fait du bruit, on rit comme des hystériques, on picole comme des gauloises, on mange des andouillettes comme des lyonnaises, et on dit du mal comme des femmes ! La vraie vie quoi !

Alors qu'avant, on avait qu'un objectif, être belle, être vue, remarquée, lancer les filets traînants et remonter les sardines frétillantes de l'amour, séduire quoi !

Désormais, ce n'est pas qu'on s'en bat l'œil, surtout au beurre noir, c'est encore plus fort : on revient à nos années ado de l'intérieur seulement, et on joue la provoc à donf pour rire ! Plus on choque, plus on se sent vivante, c'est comme quand on se faisait des spikes et un maquillage à la CURE à 16 ans pour faire peur aux parents !

Dans ces restaurants où on a diffusé la honte, plus les petits couples bien proprets silencieux nous regardent de travers, plus on veut choquer et plus on lance des phrases romantiques : « moi, j'aime pas les fellations, c'est dégueu et puis j'ai les lèvres gercées de toute manière ! » ou encore « je lui ai ravagé la Sardaigne au petit gars, j'ai eu mal aux cuissots toute une semaine, note bien, c'est du sport, c'est bon aussi pour moi ! ».

Voilà le bonheur de vieillir, tout se permettre, même la vulgarité et s'en régaler ! C'est terrible !

Pour finir en beauté, souvent on garde pour le dessert les copines qui sont sur des sites de rencontres, et on fait le jury qui choisira le gars le moins pourri pour celle qui veut absolument un mec (à la première déception, ça lui passera, mais ça occupe les autres).

Sur ces sites, les profils d'avant 40 ans, on peut trouver du poisson frais, du saumon mais pas d'élevage ni au mercure !

Du sourire fatal bazooka et du regard presque habité ! Clairement ceux-là ne sont pas là pour enfiler des perles ni faire des tartiflettes : s'ils sourient en tee-shirt blanc moulant, c'est bien pour conclure, et pas sur un malentendu ! Ils marchent au résultat, et s'ils investissent dans un verre, ce ne sera pas pour écouter la nana parler, ou alors, après le sexe, quand il dormira pour se remettre deux minutes de son exploit qui n'en a pas duré plus d'ailleurs, avant de s'esbigner très loin en refilant un faux numéro !

Ceux-là, ils balancent le même paragraphe en multi-diffusions sur 150 profils différents, qu'il suffit de toper à deux copines le même mec et on recevra le même texte ! Tu parles d'une opération marketing ! En même temps, c'est le jeu ma pauvre Lucette, nous on lance bien des filets traînants, ils ont le droit de faire pareil !

Du coup, les éternelles étapes de vie des copines défilent devant nous : les copines qui ont arrêté la chasse, face à celles qui y croient encore et qui se passent au karcher même l'anus avant de sortir tellement elles sont sûres que PATRICK SWAYZE va venir les faire danser et les porter à bout de bras au-dessus de leur tête devant la foule ébahie de DIRTY DANCING !

L'étape une, elle y croit, elle trie, elle rencontre, et le beau mec en photo, elle ne le repère même pas sur le trottoir de la Part Dieu vu qu'il a perdu 20 cm, ses cheveux et pris 50 kilos depuis la photo. Tu cherches THOR avec son gros marteau dans la foule et il y a FRODON sans l'anneau magique qui te scrute.

Etape deux, elle en trouve un avec pas mal et sympa, elle pécho, mais pas de bol, la marée l'emporte et laisse seulement les crabes… Ils ont des chapeaux ronds, vive la Bretagne, ils ont des chapeaux ronds, vive les bretons ! (Désolé, la marée et les crabes, en plein confinement de plus de douze mois, l'océan me manque).

Etape trois, elle arrête de passer 3h dans la salle de bain pour aller rencontrer du gugusse, et elle passe un coup de fil aux copines pour repartir sur les soirées « de qui qu'on dit du mal » parce qu'au moins elle ne sera pas déçue, elle sait qu'elle va rire, manger, boire et qu'elle aura aussi travaillé son périnée, nom d'un pubis !

Alors oui, on écluse, et on a raison d'aller à la pistache éliminer et boire trois litres d'eau le lendemain avec de la sauge et du charbon pour filtrer nos reins avant qu'ils se bloquent ! Eh oui, je suis bien contente d'être à l'étape des quinquas parce qu'en société, en voiture, au boulot et partout, je suis moi-même et mes copines aussi !

« I FEEL PRETTY, so MUCH PRETTY, I FEEL PRETTY AND witty and bright, and I pity any girl who isn't me tonight » lalalalalala !

Mesdames les QUINQUAGENIALES, vivement la fin des masques et des gélifiés, bientôt nous pourrons retourner au restaurant pour profiter de notre prochaine soirée copines, et à nouveau, tout déchirer, surtout les oreilles et le cœur des autres clients !

Les chiens de la ménopause

Quand on ne peut plus faire d'enfants, on prend un chien !

C'est ce que me disait ma grand-mère, grande experte des besoins maternels et maternant de certaines femmes qui à un certain point de leur vie ovarienne, ressentent le besoin de compenser cette perte de productivité cellulaire par l'abêtissement inhérent à l'acquisition d'un petit animal poilu, sans grossesse ni accouchement préalable, merci.

Comme tout le monde, je me suis toujours voulue originale, et finalement, j'ai fait très originalement …comme tout le monde : un jour j'ai ressenti cette pulsion nunuche envers un chien ou un chat, et soi-disant pour les enfants (excuse internationale qui sert pour tout), j'ai décidé unilatéralement d'acheter deux chiens de race, en plus !

J'ai fait mon étude comparative sur internet, des élevages, des avis, des prix, des avantages de chaque race etc…Je suis devenue plutôt pointue en clébard d'un coup, et je me suis donc lancée à prendre contact avec un élevage dont plusieurs adoptés avaient réussi des concours tellement ils étaient beaux !

Les enfants riaient et sautaient de joie, mon chéri m'avait prévenu qu'il n'était pas du tout, mais alors pas du tout d'accord, et j'avais noté ses objections dans mon compte-rendu des objections de couple pour la facture finale quand on s'engueulerait un jour, ça peut toujours servir.

Cet élevage était au fond de la campagne, nous voilà partis, sans le savoir, pour une expérience un peu originale, je vous l'ai dit, j'ai toujours de la chance !

Le GPS de mon téléphone galérait et semblait rejeter l'existence du lieu où nous rendions, mais après des champs, des vaches, des champs, nous avons trouvé un chemin plein de trous et cahin caha, nous sommes enfin arrivés !

Heureusement qu'il y avait une pancarte sur la grille de la propriété car, mis à part une maison de ferme mal entrenue et des animaux variés dans un immense terrain parsemé de jouets rouillés, de balançoire cassée, il était difficile de s'imaginer qu'il s'agissait d'un élevage dont était issus « merlin II » et « Victoire III » des derniers concours de CKC !

(Les connaisseurs disent CKC pour nommer les Cavaliers King Charles, je me la pète !).

Nous avons poussé la grille grinçante, et nous sommes rentrés dans l'improbable propriété.

Mes enfants et mon conjoint me regardaient, inquiets, et j'avoue que j'imaginais aisément cet endroit en pleine nuit, où il devait ressembler aux maisons de l'horreur des films des années 60, le jardin hanté par des restes de structures en fer qui avaient dû être jadis les portants d'un étendage fait maison, des vieux vélos rouillés cassés qui avaient dû passer plusieurs hivers par terre, bref, une décharge à ciel ouvert. Tout à coup, une porte s'ouvre, grinçante, et hop, l'arche de Noé nous saute aux yeux et aux genoux !

Un âne sort d'un appentis en bois tout abîmé, nous toise tranquillement en mâchouillant mollement son herbe, des moutons rasent l'herbe de l'autre côté des grillages avec vigueur, et des jolis petits toutous adorables de toutes les races se mettent à nous foncer dessus pour faire des câlins !

Nous avançons, lentement, méfiants, vers une porte de la bâtisse principale, et sur ma droite, je ne peux m'empêcher de remarquer la mini camionnette avec le nom de l'élevage peint en belles lettres dessus, avec de jolies petites empreintes de patoune de toutous peints sur toute la voiture ! Bon, je sais que je suis bien dans un endroit où les amis des bêtes à quatre pattes sont les bienvenus. J'entends alors la voix de la dame que j'avais eu au téléphone et…je la vois enfin en vrai !

A l'instant où j'ai croisé son regard, j'ai cru que j'étais sur la scène de tournage d'un film sur les gentilles sorcières sylvestres ! Une géante, les cheveux hirsutes noirs ni courts ni longs ni coiffés, habillée comme le sont les géants dans les films, tee-shirt sale plein de trous et de tâches indéfinissables, pantalon kaki de surplus militaire, grosses chaussures de marche et…oui ! Je n'en croyais pas mes yeux, des jolies empreintes de toutou tatouées sur son avant-bras confirmaient que nous étions bien chez elle, l'amie des bêtes ! Tout va très bien, madame la Marquise.

Mes enfants s'étaient réfugiés derrière mon conjoint, qui, habillé en dandy de la ville, avait bien du mal à poser ses chaussures pointues bien lustrées sur des parties du sol qu'il tentait de valider comme adéquates pour accueillir ses pas citadins.

La dame nous fait rentrer, il immédiatement, l'odeur de chenil fauve nous saute au nez, fait reculer mes kids et mon homme, mais je tiens bon, j'avance !

A peine entrée dans l'habitation, déboule à vélo sans pédale un petit gamin au crâne rasé, fronçant les sourcils et me fixant du regard en fonçant vers nous. Avec un regard soucieux, quelques petites cicatrices de ses bobos de petits durs et son regard bleu perçant planté dans le mien, il me semble tout droit sorti des photos noir et blanc de la grande crise de 29 aux Etats-Unis, il est même impressionnant du haut de ses 6 ans maxi ! Il me suit et m'observe.

J'ai un peu peur, je souris nerveusement, je n'ai pas tous mes vaccins à jour, je me sens vulnérable. Histoire d'occuper le temps et de cacher mon malaise, je m'approche des bibelots posés sur des étagères en bois le long des murs de l'entrée, et je vois une belle collection de statuettes de trolls des bois, tous très vilains à dessein et tirant la langue ou faisant la grimace.

Le petit a repéré mon intérêt pour cette étagère, et il m'explique aussitôt les règles de la maison : « Ne faut pas toucher aux trolls de ma mamie ! » m'aboie-t-il au visage avant de s'en aller rouler ailleurs...C'est officiel, nous sommes chez une amie de la nature, une protectrice de la forêt, une éleveuse de trolls !

De leur côté, tous les chiens qui couraient autour de nous depuis notre arrivée étaient en pleine forme, le poil luisant, heureux, et lorsqu'elle nous a sortir le petit chiot que nous souhaitions adopter un mois plus tard, il était magnifique et en bonne santé. Je me disais, au moins, je sais qu'elle préfère les bêtes aux humains, c'est une bonne base !

Soudain, je sursaute ! En me retournant pour aller faire le chèque pour payer le bébé chien, paf ! Je tombe nez à truffe avec une énorme truie géante qui me gronfffe bruyamment à la figure ! Oh mon dieu ! En fait je suis dans le film MISERY et je viens de faire la connaissance de la truie de la tueuse !

Mon esprit revient à la réalité, et le petit gamin à vélo sans pédale passe devant le monstre à poil dru, un bol de chocolat au lait en main, et crie à sa grand-mère et dans nos oreilles « mamiiiiiiie, Perlette a encore fait pipi par terre dans la cuisiiiiine ! » puis il dépose son bol devant elle par terre, et la « fine » Perlette finit son goûter…

Voilà d'où venait cette odeur étrange qui n'était ni celle des toutous ni de l'âne, c'était celle de la truie domestique ! Nous étions en pleine ambiance rupestre réserve naturelle, une sensation de participer sans le savoir à un documentaire sur ces sauveurs qui vivent avec tous les animaux qu'ils ont élevés comme leurs propres chairs, leurs propres enfants…

J'ai pris le chiot, adorable, nous sommes partis sans boire le café dans les tasses qui trônaient sur la toile cirée dont la vraie couleur avait dû passer comme celle de mon teint à la vision d'horreur du pipi de truie à mes pieds.

Zou ! La petite merveille dans les bras, nous sommes repartis vers la civilisation, nous avons brûlé tous nos vêtements, lavé la voiture pour effacer l'odeur d'écurie ! Jamais nous n'oublierons cet endroit, où l'amour des bêtes était bien plus important que celui des humains, de la mode et de l'apparence !

Depuis, j'ai réalisé que souvent, les amis des bêtes sont comme les amis des bébés et des enfants, ils ont leur propre langage, un mode de vie bien à eux, pour le plus grand bonheur des animaux, et le mien, car j'aime explorer les mondes inconnus et mystérieux, mais bon, soyons honnête, une journée comme celle-là suffit comme expérience, on n'y passerait pas nos vacances en camping dans le jardin non plus…

La technologie est une amie !

Mes chères amies : avoir cinquante ans en pleine évolution technologique numérique, télétravail, Skype, téléconsultations médicales, WhatsApp, face time, tiktok, école directe et cours à la maison et tout ça, tout ça, vous en pensez quoi ?

La plupart d'entre nous possède le smartphone qui prend des photos, qui téléphone aussi, nous donne la météo et les infos même quand on ne lui demande que de fermer sa ..., bref, en plus de l'ordinateur, et depuis le télétravail, sont apparus chez nous des casques à micro et le fameux post-it jaune pour cacher la caméra quand on veut être tranquille en réunion de travail par Skype, qu'on dit qu'il y a un problème d'image....

Soupir.

Nous avons débuté nos vies avec les machines à écrire, le blanco avec pinceau qui faisait des gros catons, les carbones qui mettaient du noir sur nos doigts, le téléphone fixe chez nous avec un fil de trois cents mètres pleins de nœuds pour marcher en long et en large dans le couloir et fumer notre clope à l'intérieur, qu'on mettait des cendriers sur le rebord des fenêtres et sur le meuble du téléphone et tout ça était normal !

Aujourd'hui, malgré nos cinquante balais à brosse, plus de clopes, des contrôles anti cancer permanents, et une surveillance accrue de notre santé pour pouvoir engraisser les ephad jusqu'à 100 ans, nous arrivons globalement à gérer les technologies, même si parfois ça nous coûte un peu en énergie personnelle, même pas renouvelable si ça se trouve.

Pour ma part, malgré ma topissitude quinquagénique, il m'est déjà arrivé de vivre d'intenses moments de solitude technologique. C'est dur, mais au rythme de la V.R. (Virtual reality qui trône dans mon salon régulièrement pour amuser les gosses) et autres technologies futuristes à venir, ce n'est que le début de mes épisodes malencontreux avec les « NTIC » et les ondes, je pense.

C'était un vendredi, vous le savez maintenant, j'aime particulièrement les lundis, pour les infarctus des chefs, et les vendredis pour les départs de enfants. Mais parfois, même un vendredi soir peut mal tourner, même quand tout semble « sous contrôle » !

Ma grand-mère disait toujours que les objets avaient une âme, pas comme les hommes, parce qu'eux, quand ils ne veulent pas qu'on les retrouve, ils y arrivent, et elle avait raison.

J'y crois parce que j'ai vécu un freexperience technologique un soir, et je vous promets, je ne regarde plus ma télécommande free de la même manière depuis cet évènement. Quelque chose s'est brisé entre nous...

Bon, c'était un vendredi 18H30 avant le covid, (bientôt on aura un nouveau calendrier international, on ne dira plus 2022 après Jean Claude Vandamme mais 2 ans après covid), j'étais donc partie pour de vrai dans mon vrai bureau de mon vrai travail pour une vraie journée.

En rentrant chez moi, me voici en mode sortie du taff, lunettes, dessous de bras qui sentent la serpillère mouillée, les pieds marinés dans des mi-bas synthétiques qui se spécialisent dans l'odeur gorgonzola, bref, je commence par la douche, car les chiens me poursuivent avec insistance alors que je n'ai pas de pain dans la main, autre indice du niveau olfactif que mon corps entier vient de dépasser et que Feyzin à côté, c'est du Soupline à la lavande.

Allez, je lave, je frotte, je mousse, « You wash it You wash it, You rinse, three times, and it smells like a flower ! » (Merci Eli Kakou, tu sentais bon le rire et les fleurs !). Bon, je me calme.

Je ressors, tenue de combat, top pourri et legging troué, toute zen, le sourire, parce que c'est le week-end, même s'il y a les gosses.

Le vendredi, c'est le repos des guerrières, la pause s'impose ! En plus, c'est 19H, il y a mon chérI, les kIds, les chIps et mon sprItz et que des trucs avec de « I » super sympa : on est bien tintin, un vrai goût de paradis, comme un Bounty !

Mon chéri, qui sait qu'il faut attendre la sortie de la douche pour papoter, et qui ne boit jamais de café, attend que je m'assoie sur son canapé pour me porter mon spritz afin de préparer ce qui va suivre, à savoir, les petites catastrophes du jour : « ah oui, au fait, j'ai voulu faire un déca à ta fille, à midi, la machine Nespresso est morte. Et le chien a vomi plusieurs fois, je pense qu'il faut qu'il aille chez le véto. Sinon, l'imprimante a bloqué, elle fait un drôle de bruit mais bon, je vais changer l'encre, on verra. Sinon, tu as passé une bonne journée au taff ? ».

Mon fils et ma fille, qui ont entendu que le bureau des doléances avait ouvert ses portes et que j'avais un verre en main, avancent leurs réclamations du soir, espoir :

« Maman, tu as racheté du Nutella pour demain matin ? et des pancakes, tu as racheté des pancakes ? »

« Maman, j'ai un exposé à faire sur l'esclavage moderne, je pourrai te le lire pour que tu me corriges les fautes et que tu me chronomètres stp ? Mais sans me regarder parce que ça me gêne, tu te mettras dans le couloir, d'accord ? »

« Maman, mes tee-shirts sont tous trop petits, et je n'ai pas deux chaussettes pareilles, je fais quoi ? »

« Maman, mon pull est décousu sous la manche, tu pourrais me le recoudre stp ? »

STOP ! On se calme ! Je réponds les phrases qui sauvent : « notez sur le post It pour les courses, et je verrai demain pour le reste » !

Rien que ça, me direz-vous ? Non, le meilleur reste à venir. C'est vendredi soir en famille, ne l'oublions pas !

Bon, c'est surtout la machine à café qui fait suer, je bois des cafés tous les jours, mais bon demain, je regarde les promos payables en douze fois, je prends rdv chez le véto et merdum, l'imprimante aussi, je verrai demain ce que je ferai !

J'AI décidé de rester ZEN, on est VENDREDI, c'est sacré, je ne veux pas me mettre la rate au court-bouillon direct et pourrir tout le week-end ! A cet instant précis, je suis encore tranquille, fière de ne pas péter les plombs, je me pose sur le canapé, la télécommande à la main, prête à programmer l'enregistrement de BABE LE COCHON, comme ça demain soir, je colle ça aux enfants et paf !

Relax Max, tranquille bill, nickel Adèle (j'ai toute la série des rimes riches à dispo), avec mon chéri, on pourra se vautrer tous les deux sur le canapé pendant que les loulous regarderont leur film !

Me voilà toute propre et toute détendue des chakras. L'apéro est servi, les glaçons nagent peinards dans mon spritz orange, et mes chips barbecue en bouche, on bien parti pour un pur moment sans souci !

Clic !

Oui, je clique, et la télécommande est déjà bourrée ! Elle bug ! Arghhh ! Nooon ! Elle est en mode répétition parkinson ! J'appuie une seule fois sur un bouton mou pour programmer l'enregistrement, et voilà qu'elle change les chaines toute seule, elle monte le son à 100 et gueule dans tout l'appart ! Je saute sur les boutons, le son se coupe totalement, mais déjà tout le monde s'enfuit du salon en se bouchant les oreilles ! Les chaînes changent toutes seules, le son monte et descends, je saute de partout et je coupe la télé en manuel !

En trente secondes, j'ai déjà le speed qui me fristouille, les oreilles qui chauffent, les ovaires qui lancent, et je sens que je vais mettre trois heures à programmer l'enregistrement pour le film qui démarre dans dix minutes !!!

ATTENTION : quand je suis obligée de lâcher impromptu mon apéro du vendredi soir, je suis déjà au bord du cri de rage primal de la femme sapiens devant le loup qui embarque son steak de mammouth ! Tant pis, je cherche des piles neuves ! Bah voui, même une femme pense à de trucs techniques quelquefois, hein les garçons ?!

PAS de pile dans la cuisine, rien dans le bol à merdier au milieu des boutons et des chewing-gums, celle de mon vibro sont trop petites et celles de mon épilateur en a deux et il en faut trois !!

Je respire ventral, je gère. Je soupire.

Me voilà enfin en train de vider le jeu DS de mon fils, et je change les piles ! Yes ! Mais... non ! La télécommande bug toujours, elle bégaye, elle me rend dingue ! On avait dit que les vendredis, il n'y avait plus de stress !

Dans ma tête résonne le « Non, ma grande, ne jette pas la télécommande par la fenêtre, tu risques de blesser un con qui fume en dessous et tu auras gagné ta soirée au commissariat ».

Cette fois, pas le choix, « si t'as friiite t'as tout compriiite ! », c'est parti pour le SAV Friiite au téléphone ! Je saisis mon téléphone fixe et j'attrape mon agenda, à la page où j'ai noté TOUS les millions de codes de ma vie, et je commence à appeler le numéro...puis « appuyer sur étoile, puis taper 1, puis 2, puis 7, puis 9, puis 12, puis 4, puis code perso, identifiant » ! Je crois bien qu'il n'y a que le chiffre du poids de ma grande mère défunte qui n'y soit pas passé dans les tous les chiffres qu'ils m'ont fait taper !

Mais j'y arrive, je suis concentrée, je n'ai même pas encore attaqué mon spritz qui commence à réchauffer ! Ultime crime de lèse-majesté !

Une fois que j'ai gagné au loto des chiffres pour avoir une vraie personne en ligne, je suis presque aussi ravie que mon fils quand il a trouvé une vieille papillote sous son lit, et la jolie voix de la dame qui est en fait enregistrée me dit après dix minutes de codification : « le temps d'attente est estimé à moins de douze minutes ». Certes, mais bon, pas d'autre solution, je refuse d'abandonner, je veux qu'elle marche, moi, cette télécommande !

Il faut que je tienne bon ! Du coup, je mets sur ampli, la musique saoule tout le monde, et je siffle mon spritz, je dévore toutes les chips d'un coup, au rythme du son étrange ni brésilien ni musique d'ascenseur...

Je tends mon verre à mon homme qui du fond du canapé me voyant monter dans les tours à la couleur de mes joues, me lance un « ça va chérie ? » mais pourquoi qu'il demande ça, il est fou, il est suicidaire, il va se faire allumer !!!

Je grogne comme SHREK ou mon beauf JO l'indien, je tends mon verre vide que j'ai englouti comme on prend sa vitamine C effervescente parce qu'elle est dégueu, et j'attends : là, je crois qu'il comprend à quel point mon grognement de guerre du feu signifie que j'ai besoin de son soutien alcoolique...il va me refaire un spritz...il tient à la vie, tout de même.

Et c'est parti, douze minutes d'attente musicale et j'entends une vraie voix d'une vraie personne : « bonsoir, je m'appelle Kevin et au nom de toute l'équipe friiite je suis heureux de vous accueillir. Que puis- je faire pour vous ? »

J'évite de lui demander une maison avec piscine et héliport ou une semaine à Maurice à 4, je reste dans le raisonnable, et je lui explique mon problème beaucoup plus terre à terre de télécommande. Et vouiiii, à lui aussi, j'explique que j'ai beau être une nana, j'ai pensé à changer les piles ! Il est fier de moi le gars, il ne me prend pas pour un cliché de fifille qui fait sa manucure et qui hurle « ça ne marche pas !! » alors qu'elle n'a pas mis en route la machine...

Le gars très gentil me dit tranquillement « maintenant, on va déjà rebooter votre box pour la mettre à jour : merci de la débrancher derrière et de rebrancher s'il vous plaît madame ».

Et moi, qu'est-ce que je fais ? Je fais confiance ! Il est poli et il semble s'y connaître le gars ? Donc, je débranche ! Là, que se passe-t'il ? Vous avez deviné ? Mon téléphone fixe avec lequel j'ai ramé vingt minutes pour être enfin en contact avec une vraie personne au bout du fil, eh bien il me coupe au nez ! Normal ! La box a été débranchée et le téléphone avec !

Soupir.

Mon Kevin, en bon technicien qui lit son script, m'a dit de déconnecter la box, grâce à laquelle je pouvais lui parler avec mon fameux téléphone fixe ! Avec le même regard perdu que la poule qui regarde le hachoir de la fermière juste avant qu'elle ne lui coupe la tête, je fixe mon fixe...

Je réalise qu'il faut tout recommencer pour avoir à nouveau quelqu'un au téléphone, et je vocifère : « non mais je n'y crois pas tellement je suis une gourdasse ! Mais quel couillon aussi ce type aussi de me dire de rebooter, il l'a fait exprès, j'en suis sûre ! »

Le spritz numéro deux est servi, posé sur la table du salon, les glaçons fondent, il n'y a plus aucun être vivant dans le salon, trop dangereux. J'ai dû crier un peu fort, mon homme a senti la tension monter.

Il passe de temps en temps me donner une chips pour me calmer, et il repart dans notre chambre, il sait que l'orage n'est pas totalement passé. Il raison. C'est un gars des îles, il sent les tornades arriver...

Je m'assieds par terre, je sens la lassitude dépasser l'énervement, et je repars pour les chiffres, les codes, les identifiants, et l'attente...

Les enfants ont lâché l'affaire, ils ne regarderont pas BABE le cochon, pas grave, ils préfèrent sauver leur peau et aller se cacher dans leurs chambres pour ne pas assister à cette scène terrible de leur mère désœuvrée blasée désormais assise sur le carrelage du salon devant la télé et la box, un téléphone dans une main et la télécommande dans l'autre, comme si en les regardant très fort elle pense que la magie va opérer et que tout sera réglé.

Les chiens sont couchés dans le couloir, leurs petites pattes de devant en mode sphinx, et je les vois de loin me regarder avec un petit air de soutien, je peux lire dans leurs yeux :

« Ne t'inquiète pas, ça va bien se passer, nous aussi, on s'assied souvent sur le carrelage pour réfléchir, il n'y a pas de honte à ça ! Et puis tu sais, chaque jour apporte sa nouvelle gamelle et ses câlins, lâche prise, laisse tomber, pleure, il n'y a pas de mal à laisser s'exprimer nos émotions ».

Réalisant que je suis en train de faire ma psy avec mes cavaliers King Charles, j'attaque directement mon deuxième spritz ! Je respire, je m'en tape, moi, du cochon BABE, mais maintenant, je veux que tout remarche, là, tout de suite !

Il est déjà 20H30, quand j'arrive à entendre un nouvel opérateur, et je lui explique ce qui a déjà été fait, les piles, le reboot, le tel qui coupe, et que non, je ne rebooterai plus ma box car je veux le garder en ligne jusqu'à que tout remarche ! C'est à cette minute précise que j'ai cru que Dieu était une femme et qu'elle existait !

Un autre technicien charmant me dit « madame, je peux tout faire à distance, ne bouger plus, posez la télécommande par terre devant la box et laissez-moi faire ! » Oh my gode que j'aime quand on me parle comme ça (vous voyez, je commence à glisser vers le divin quand ça va mal, il va falloir que j'en parle à LUCIFER à la prochaine séance piscine...).

Le superman de friiite SAV, en trois minutes, il a tout résolu ! Je n'y croyais pas ! Enfin une bonne nouvelle ce soir ! Je l'ai tellement remercié, en lui expliquant que j'étais assise par terre depuis une demi-heure au bout de ma vie et qu'il avait sauvé mon vendredi soir, il en était gêné et c'est lui qui a écourté notre conversation pour éviter de faire ma psy ou se pendre !

Je me relève, je soupire d'aise, je change de chaine et je monte le son, je braille à tout le monde, réveillant au passage les chiens dans le couloir. « Tout est ok, ça marche ! ». J'exulte de bonheur, c'est bien un Vendredi finalement !

Les enfants rappliquent, rassurés que leur mère puisse repasser en mode « tout va bien » et arrête de hurler, les chiens cherchent même à jouer à la baballe, et la minette et mon chéri sortent de leur réserve pour partager ce moment positif.

Je vais donc de ce pas, toute pimpante, chercher du prosecco pour la suite de la soirée qui n'est peut-être pas perdue, et là, je prends la bouteille et je le trouve tiède, et la lumière du frigo est éteinte. Le frigo est mort...

Je ne m'énerve pas,
je fais ma crise de la cinquantaine !

Et voilà, on a déjà fait un bon petit tour des vies d'une quinqua plutôt géniale, comme vous, intelligente et modeste, noyée dans ce monde brutal qui ne fait rien qu'à nous empêcher de tourner en rond !

Il ne me reste qu'à éclaircir avec vous une question qui me brûle partout : pourquoi parle-t-on de crise de la cinquantaine ?

Où vous avez vu qu'il y avait une crise ? Il ne s'agit au contraire que d'une dernière évolution vers la sagesse ultime, le nirvana des ovaires, la zénitude profonde et plénière, bref, le bonheur, si je veux !

Pour nous, les cinquantenaires, ce sont les autres qui font leur crise lorsque nous ruons dans les brancards et que nous apprenons à dire « non » ! en jetant le balai par terre !

Je rappelle que nous avons gagné notre condition de super nana : déjà dès notre arrivée sur la planète !

Pour ma part, je suis née en 1969, alors que la télé en couleur avait 5 chaînes et que le couillon blanc gonflé à l'hélium posait un pied sur la lune !

Oui, comme vous, j'ai connu l'époque sans téléphone portable, sans télé, sans dvd, sans écrans quoi, à écouter « OUH, OUH, OUH, AHAHA ILLUSION » sur mon walkman Sony, dansant dans mon jardin, super belle dans ma jupe à pois avec ma mini vague pour que mes cheveux soient bouclés, ornée de mon superbe appareil dentaire style grille d'égout !

Oui après, j'ai fait la fac, pour 150 francs l'année, même pas vous calculez sinon vous allez vous flinguer un pied. Oui je conduisais la Citroën Visa très spéciale de mes parents, sans direction assistée que tu préférais te garer dans les fossés plutôt que d'avoir à faire un créneau vu qu'il te fallait deux heures et que t'avait plus de bras à la fin !

Oui j'ai trouvé du taff en disant à mes recruteurs hommes (« non je n'ai pas changé » merci Julio) que non, je n'allais pas faire d'enfant dans les 5 prochaines années en posant mon utérus sur la table !

Oui, j'ai fumé des Camel au volant, écouté à fond Francis Cabrel et sa sarbacane, je n'avais pas d'airbags et on roulait tout droit, il n'y avait pas encore de ronds-points qui poussaient comme des champignons chaque carrefour !

Oui, j'ai commencé de travailler avec une machine à écrire avec carbone, un minitel 36 15 et je gagnais 5900 francs, pour en donner 400 pour mon appartement vieillot au parquet carrément flottant où les blattes se faisaient des rodéos « Fast and Furious » la nuit pendant que je dormais la fenêtre ouverte pour mieux profiter des éclairs électriques que faisait le passage à toute berzingue du bus avec câbles C3 juste sous mes fenêtres !

Oui, on découvrait les capotes parce que le sida était arrivé et pas que pour les homos et les prostituées et qu'il tuait comme des mouches.

Oui, on frissonnait devant Alien qui sortait du bide, devant le Silence des agneaux avec Jodie Foster, pendant que l'apartheid s'étiolait, qu'on sautait en dansant sur la musique de Johnny Clegg et que l'internet nous tombait dessus sans crier gare.

Eh oui, en rentrant à 19h30 du taff seule dans mon appart avec un carton en guise de table de salon parce que mon premier divorce m'avait laissé peu de meubles, je regardais à 25 ans, en cachette pour pas qu'on se moque, tous les épisodes de BUFFY et les vampires, Magnum et Mac Gyver, et j'écoutais la cassette de Coluche en boucle ! J'étais heureuse, pilule, clopes, rhum coca en boîte de nuit et levée 5H30 tous les matins pour finir à 20H, no blème !

Eh bien oui, avec tout ça, moi j'y croyais à l'époque qu'il fallait suivre l'ordre des commandes de la vie d'une femme : des études, un job, un mari, des enfants, une voiture et une maison à crédit, des vacances au camping et faire des crêpes le dimanche pour aller chez belle maman.... mais en attendant, la fiesta, c'était bien aussi !

Vous le savez mesdames qui avez mon âge, la plupart d'entre nous étions juste trop sages mais on ne savait pas qu'il pouvait se passer autre chose dans une vie de femme.

Alors quand le 1er divorce a été prononcé, bah on a fait péter le champagne et même pas pleuré, et on a semé les graines de ce que 30 ans plus tard, les machos et les connes appellent la crise de la cinquantaine !

Personnellement, le passage vers la libération mentale des 50 ans, j'ai compris que j'étais en plein de dedans juste après l'avoir fêté, mon anniv. Je me sentais pépère, zen, comme dab et un matin, il s'est passé un truc bizarre : toutes mes vies se sont mélangées !

Je m'explique : un matin j'arrive au taff, et je balance comme d'habitude à mon chef, « bonjour, comment vas-tu ? ». Jusque- là, rien d'étrange, mais c'est après que c'est devenu flippant.

Il me dit : « je tousse un peu et crois que je suis un peu chaud ». Ah bah c'est sa faute en fait, il a bordélisé mes repères, et là, clic, il s'est passé un truc dans mon cerceau, et je suis partie en mode maman avec mon chef, alors que je suis chargée de projet là-bas, pas chargée d'être sa mère !

Je me suis jetée sur lui avec une touillette à café en bois, je lui ai dit « ouvre grand la bouche et fait ah » je lui fourragé la touillette au fond et je lui dis : « ah bah voui c'est inflammé dis donc, c'est une belle angine que tu as attrapée, tu es encore sorti sans veste ?». Vas-y que je lui tâte les ganglions, lui, il a peur il n'ose rien dire, il ne bouge pas il se laisse faire, et la main sur son cou, je le termine : « Effectivement, tu es chaud, je dirai un petit 39. Alors, un doli 500 et au lit, tu bois beaucoup d'eau, et pas d'écran sinon tu vas avoir la migraine ! Allez, roule, et on revoit ça demain ! »

Là…j'ai vu mon boss reculer doucement, effrayé comme s'il était tombé nez à nez avec un grizzly en pétard, il a dit tout doucement « merci » et il est parti dans son bureau, je l'ai plus revu de la semaine le gars !

C'est à ce moment-là que je me suis demandée si je n'étais pas allée un peu trop loin en mode maman, alors que c'est mon chef et pas mon fils de 10 ans. Je n'avais pas encore totalement réalisé que ma vie était bordélisée, et que mes rôles n'étaient plus à leur place habituelle : la charge mentale était devenue la décharge mentale ! Un vrai rejet de greffe de la routine habituelle !

Toute la journée, le phénomène s'est amplifié : j'ai croisé une voisine avec son fils de 8 ans, elle me dit « oh bah mon fils il a été bien malade et pis tout affalé sur le canapé à cause de ça hier ».

Et bim ! Je suis passée en mode véto, je ne contrôlais plus rien, c'est sorti d'un coup : « ah, il est apathique, il ne joue plus à la baballe ? La truffe est tiède mais humide, je vous conseille la diète et qu'il dorme avec vous pour la sieste devant la télé, de l'amour, toujours de l'amour, et remplissez bien sa gamelle d'eau hein ! ».

Pareil, j'ai bien vu la trombine de ma voisine quand j'ai touché le nez de son rejeton, et leurs tronches à eux deux quand ils sont partis en me disant « merci » d'un air, on l'a perdue celle-là, faut appeler les hommes en blanc pour la grosse piqure ! J'ai compris que mon radar personnel déconnait : je n'étais plus du tout en phase avec les situations !

Le soir est arrivé, et ça a continué : mon fils de 10 ans me dit « maman, j'ai du mal en math à l'école, je ne comprends pas la maîtresse ! » Et là, ni un ni trois, je prends une feuille de papier et un stylo, et j'écris une lettre pour mon fils :

« Cher monsieur mon fils, j'ai bien pris connaissance de votre réclamation concernant vos problèmes en classe en math. N'étant pas votre maîtresse ni experte dans ce domaine, je transmets votre requête au responsable de votre éducation par intérim, votre père, pour traitement de la demande, Bien Cdt, Votre mère. »

Paf ! J'ai tendu la coursive à mon fils, il a bien accusé réception de ma lettre par un « ah, d'accord, tu es fatiguée, je t'embête plus, je vais vois avec ma sœur, repose toi maman, si tu veux un apéro, je te fais un kir ? non ? ok, bisous ma petite maman, je t'aime tu sais, vas te poser, reste au calme... »

Là, le téléphone a sonné, ma sœur me demandait des nouvelles et m'expliquait ses soucis avec son mec, et clic ! Je suis passée en mode psy pour couple, et je lui balancé « bon là maintenant il est temps de prendre du recul, d'intérioriser tout ça pour y réfléchir pleinement, et arrêter de se voiler la face : vous avez vraiment un problème avec votre conjoint, mais les solutions sont en vous, il faut puiser dans vos propres ressources !

Allez, on en parle la prochaine fois, ça fera 55 euros madame !» et j'ai raccroché !

Mon homme est rentré du taff, et je lui ai caressé les cheveux, « oh mais il beau le doudou là, il est content le doudou, hein ? il est rentré à la maison le doudou, il va manger les croquettes et faire une grande promenade tout à l'heure avec maman ».

Mon chéri n'a rien dit, il est parti voir mes enfants, les chiens l'ont suivi, et je me sentais un peu perturbée j'avoue… Alors là, j'ai posé le thermomètre, les médocs, les croquettes à chiens et je suis allée me coucher !

Le lendemain, je me suis réveillée toute sereine et super bien ! La réalité de ma vie habituelle m'attendait :

« Ouah, Ouah ! », les chiens dans les pieds,

« Maman, ma sœur a fini toutes les céréales, je fais comment le petit dej maintenant ? »

« Bonjour ma chérie, ça va mieux ce matin ? »

« Miaou », « ah zut la grosse minette en encore pissé sur le canapé, faut nettoyer pfff »

« Ah oui, je n'ai pas eu le temps de faire la caisse des chats, et il faudrait refaire des courses maman, j'ai plus de pesto Barilla c'est trop la cata ! »

Silencieusement, sans réagir à toutes ses sollicitations, je suis allée en cuisine me faire mon café, je l'ai bu. Puis devant tout ce petit monde, j'ai dit alors en souriant :

« Maman est en vacances pour longtemps, veuillez laisser un message sur le répondeur après le biiiiiiiiiiiiiip ! » et d'un coup, j'ai compris. Cette fois, je n'avais plus de vies différentes, plus de rôles, j'étais moi-même et je m'en foutais royalement de tout !

Depuis, je m'en fous que mon chef ai pris du bide ou qu'il tousse, je m'en fous que mes chiens fassent caca mou, je m'en fous que la maîtresse de mon fils soit pas cool en math, je m'en fous qu'il n'y ait plus de nutella bio sans huile de palme et je m'en fous mais je m'en contre fous, de tous ces petits trucs que je voulais résoudre à tout prix tout le temps avant, parce que moi, Sessile, je vais décider que désormais, je me répondrai déjà à moi-même, je me soignerai moi-même, je me poserai des questions à moi-même, et surtout je ne ME quitterai plus jamais des yeux !

Donc mesdames, si vous avez reconnu certains symptômes de cette étape de vie que certains pensent être une crise, alors bienvenu au club des quinqua géniales, vous verrez, plus on est nombreuses, plus on sera heureuses !

Hydro alcoolique, moi ?

Après mon explication toute personnelle sur le beau voyage féminin incompris de l'entrée en quinqua génie, il est temps de m'attaquer au point sensible qui nous occupe tous depuis mars 2020 : le covid !

Mais comme il ne faut pas abuser des bonnes choses, je ne ferai qu'un rapide focus sur un aspect peu étudié par le Ministère de la santé, et la question que personne n'a osé poser officiellement : sommes-nous tous devenus des hydroalcooliques ?

Cette question me taraudait l'esprit, l'autre jour, alors que j'errais dans les rues avec mes CKC en laisse. En quelques pas, et sans y penser, je me retrouvais sans l'avoir voulu prostrée devant les devantures de ces bars restaurants chéris où résonnaient il y a peu mes rires hystériques de fin de soirées arrosées. Ces devantures n'étaient pourtant pas du tout sur la route du petit tour à chien habituel, mais j'étais comme mes clébards, dressée à prendre ce chemin, (il faut que j'arrête de penser aux bars et restaurants, je suis en train de noyer mon clavier d'ordi de larmes) !

En pleine nostalgie festive et viticole, me vint LA question de l'année 2020 : alcool à boire ou alcool en gel ? Pastis 51 ou covid19, mais que choisir ?

Ni le professeur RAGOULT ni notre CASTAPASTEX a lunettes n'ont osé poser cette question au comité scientifique, ce que je déplore, car pour toutes les femmes de cinquante et même moins, le confinement signifiait assignation à résidence, avec corvées, mère, prof, aide à domicile et soutien psychologique, le tout conduisant assez rapidement vers une régularité dans le geste auguste du verre menant aux douces lèvres féminines que d'aucun auraient jugée comme menant à l'ivrognerie plutôt qu'à l'ivresse des cimes...

Pour ma part, je devine déjà vos rires narquois de bon français fan de TF1 ou TELERAMA qui râle (Eh oui, les extrêmes se rejoignent gnarf...) ! Vous qui râliez contre les écolos et aujourd'hui contre les masques jusqu'au moment où un autre masque viendra vous endormir tendrement avant de vous glisser un tuyau dans le gosier pour vous sauver du rétroviseur virus, parce que justement vous refusiez de le portez, ce masque damné !

Ha ! On rigole moins d'un coup dites-donc !

Je devine vos rires au sujet de l'alcool, car nous sommes en France, pays du jaja et de la rigolade : l'économie viticole et la grastronomie sont les mamelles de la France, nom d'un Crozes Hermitage et d'un st Marcellin !

Oula, il ne me manque plus que du lait ou un kil de rouge pour la guerre et je me transforme en maréchal Pétain nom d'un tampon jex !

Pourtant, parmi les questions à oser se poser en tant que quinqua qui cherche la Quinquattitude, je pense qu'il est nécessaire de réaliser l'étude sérieuse d'un vrai problème qu'aucun politique n'a mené aux frontons de la république, bien que le drame se soit joué dans tous les foyers ou presque, depuis le 16 mars 2020, dans des verres à pastis 51 collector : comment pouvons-nous tenir en étant confinés, (parfois cons pour certains et d'autres juste finés), tout en résistant au doux mélange des alcools pourtant indirectement recommandés par la science puisqu'il s'agit d'un mélange hydro alcoolique, certes non homologué par l'ARS !

Oui, c'est un fait : l'alcool s'est mieux vendu que les places de cinéma ou les abonnements aux cours de dessin depuis que le covidé s'est importé de Chine sans validation sanitaire !

Plutôt que de virer en TED BUNDY, nous le savons bien que l'alcool à boire et pas en gelée a été une bouée synaptique pour certaines et certains afin de ne pas couler dans la folie ordinaire ! Vous en doutez ?

Avez-vous bien vu dans quel état nous étions au bout de seulement deux mois de confinement, enfermés dedans 24H sur 24 dans un 80 m2 (j'habite à LYON hein pas à Paris, on a des vrais appart) avec 2 gosses, un mari, deux chiens, une chatte, qui braillent en équipe jour/nuit dans les couloirs version la horde sauvage, qui pleurent en faisant leur division (ça c'est le mari), qui miaulent devant les croquettes (ça c'est les enfants) et qui soupirent en voyant la laisse (ça ce sont vraiment les chiens) !

Tous ces mois d'enfermement mental et physique, avec l'angoisse que dans l'air du dehors vole l'odieux mécréant tueur à la recherche de sa prochaine gueule ouverte pour y plonger sa tête hideuse afin d'y déposer son cadeau de même pas noël qui tue sans musique ni guirlande !

Ces mois disais-je, comme dans le LOFT mais sans la piscine ni les bombasses mono-neurone, à essayer de tenir nos animaux de compagnie propres (là je parle des enfants bien sûr, les parents auront compris) alors qu'avant ils s'ébattaient bruyamment loin de nous dans leurs écoles devant des maîtresses déjà sourdes et sous antidépresseur puisqu'à l'éducation nationale depuis plus de cinq ans...

Soyons réalistes : regardez-vous bien dans le jaune d'œil hépatique à la suite de toutes ces soirées virtuelles tapas-spritz-tarama ! Observez vos yeux marbrés de vaisseaux sanguins explosés sous les 51 degrés du pastaga, ou pour d'autres femmes, moins chanceuses, ces petits yeux doux du cocker triste cernés des jolies couleurs de l'arc en ciel grâce à son compagnon qui lui a repeint la trombine à coup de poing vu qu'il n'avait pas compris le mot confinement qu'il avait retenu le con, et pas le finement !

Attention : quelques instants sérieux, ça m'arrive, car il y a eu beaucoup trop de gardiens du temple machiste sadique frappeurs de femmes pendant cette période, et les foyers de certaines se sont transformés en PRISON BREAK, mais je vous le confirme, ces femmes n'ont pas pu toutes s'évader et leurs matons eux, n'ont pas fait de break...

Voilà, un effet Kiss pas cool de ce confinement, et de l'alcool aussi, sous l'ère COVID XIX, le pape des emmerdes qui volent en escadrille, comme quoi le schtroump jaune des states avait peut-être raison (et ça me vrille l'ovaire droite rien que le dire) en disant qu'il fallait boire le gel hydro alcoolique au litre ou mieux, se l'injecter dans le corps !

J'imagine une publicité improbable pour la défense des femmes maltraitées en période de corona : « Tu es un gros macho frappeur immonde aux cheveux jaunes ? N'hésite plus : enfile-toi une bonne rasade de gel désinfectant et va donc mourir silencieusement sur le carrelage de la cuisine pour pas salir : ça fera plaisir et pis ça débarrasse comme disait Thérèse (le père noël la connaît bien, c'est une amie). »

Et comme disait ma voisine battue comme les œufs à la chandeleur par son mari le lendemain du petit accident de ce dernier après un « apéro mortel » : « un verre de gel, et la vie des autres sera plus belle ! » Pif, paf, pouf. Ça, c'est fait !

En tout cas, ça fera de la place pour les autres gars sympas remplis de bienveillance (si, il y en a, j'ai des preuves !) qui aiment tellement leur douce qu'ils l'accueillent le soir après le boulot avec le plateau bonheur kir mûre chardonnay parfaitement dosé blinis tarama ! AHH l'amour !

Bon, reprenons : j'en était à mon étude sur le choix impensable entre l'alcool et le covid ! Rendez-vous compte que même 60 millions de cons sommateurs n'a pas osé l'analyse ! Normal, nous sommes presque 70 millions à tester, et ils avaient trop de volontaires pour les tests alcooliques, étrange, n'est-il pas ?

Comme je suis une femme, je vais utiliser une méthode scientifique (je ne vous permets pas de rire, monsieur), et je vais donc suivre les critères irréprochables que j'ai piqué à …l'EUROVISION : le comptage des points !

Tout d'abord, l'alcool et ses copains joyeux : qu'est-ce donc finalement ?

Petit un (j'adore faire comme les maîtresses de cm2) : ce sont des plantes, de la nature fermentée, le sud, le nord, toutes les régions de notre beau pays, le soleil sur la terre fraîche, on sent la campagne et on voit onduler les vignobles comme les vignerons bourrés qui goûtent leur premier cru !

On entend s'esclaffer les tablées d'avant le convid des convives qui chantaient en secouant leurs verres entre deux bouchées de trippes au gratin dans les restaurants aux nappes à carreaux rouges et blanches depuis 1946 ! Le bonheur, l'insouciance, la vie, quoi !

Petit deux : comment le diffuse-t 'on ? Soyons honnêtes, c'est très organisé et socialement bien mieux accepté qu'un départ en ephad pour nos ancêtres ! L'apéro est un sport national depuis les gaulois sortis des grottes, c'est fiable comme l'heure des biberons chez les bébés.

On sait quand, comment et où, chez soi, chez des amis ou mieux, dans les bars des gones lyonnais (fermez les yeux vous vous souviendrez peut-être), ces bars remplis qui sentent le moisi, plein de petits vieux édentés au cheveu aussi rare et gras que leurs derniers neurones, soutenus par leur pantalon jamais lavé en velours marron usé et flétri comme la peau de leur visage pendouillant tel un vieux rideau de théâtre, aux yeux plissés jaunis par leur foie confit, ceux qui sont si heureux de mourir à petit feu du jaja sympa car ils partagent avec leurs amis imaginaires de murge cette mort lente mais festive, en lançant les grognements rituels du lever et du renversage de verre dans le gosier, tout en se tenant d'une main tremblante au comptoir pour éviter de basculer et de gaspiller le précieux nectar !

Mais voilà, entre deux mammographies comment faire l'apologie du jaja ? Avec humour, me dirait ma grand-mère, avec humour, ma fille, tout passe mieux !

De plus, je n'aurai donc pas le temps d'énumérer toutes les raisons qui font qu'un bon verre détend la bête, soigne le stress du harcèlement petit chef en costard étriqué comme son esprit et son boxer taille S alors qu'il fait du L parce, ou encore vous fait oublier le monologue suintant de victimisation déprimante de votre collègue bientôt retraitée qui est restée bloquée dans sa « Journée sans fin » d'il y a trente ans quand elle était à un poste à responsabilité et qui vous ressasse le même paragraphe de frustration à la virgule près que vous pourriez le réciter par cœur comme une fable de LAFONTAINE !

Non, je ne pourrai pas – sans risquer un procès des ligues « sans alcool la fête est moins folle mais moins au cancer on se colle » - lister toutes les émotions et souvenirs qui vibrent en moi lorsque je repense aux plaisirs procurés par ces breuvages interdits par nos colons, breuvages qui parfois sauvent la femme active (pléonasme) un mardi 1er septembre, jour de rentrée scolaire, à 21H00 lorsqu'elle a quasi terminé ses « tâches de femmes et de mère » et qu'elle se dit qu'elle le veut malgré l'heure, son apéro au balcon tout seule, même s'il fait nuit, parce qu'elle a même pas eu le temps de manger et qu'elle l'a bien mérité, après la rentrée des gniards, le taff, les chiens, les courses, la cuisine, les poubelles, les infirmières des vieux parents et l'ex-mari au téléphone qui râle pour la pension, tous ceux qui lui ont évité tout temps mort en la sollicitant sans cesse pour bien ficeler son retour à la réalité entre deux confinements, et fini de broyer son moral et le peu d'énergie récupérée pendant les mois d'interdiction de sortie.

Aussi, je serai lapidaire (non, non, calmons-nous, toutes les femmes ne sont pas lapidées, rangez les flingues mesdames).

S'il y a des bonnes raison de vouloir trinquer parfois avec des verres d'alcool, attention, il y en a donc autant à votre service pour éviter de trinquer trop, comme dirait ma copine en sortant de LEON BERARD au rayon cancéreux, après avoir rendu visite à une amie alcoolique diplômée de master en jaja au dernier stade de la momification (je précise : momification qui fait référence à un terme pour les connaisseurs de pastis et du cocktail du même nom pour se moquer sans doute de la momie de Toutencarton III qui ne suçaient pas que des glaçons !).

En conclusion : pour l'alcool, malgré le risque au long court de finir momifiée dont nous avons pris bonne note, on est français, je mets 5 points !

De l'autre côté, le « convide » 19 : qu'est-ce donc finalement ?

Petit un (je continue avec mes petits uns et petits deux, de la rigueur ma fille, de la rigueur !) : un génocide écolo fomenté par les plantes qui, jalouses du raisin, ne fermentent pas ?

Peut-être s'agit-il tout simplement d'un tri naturel que la chauve-souris mutine et le pangolin vengeur ont décidé d'offrir à la planète, afin de nous expliquer, certes un peu brutalement, qu'au lieu de tout détruire pour un steak et mourir d'obésité sous le nez des affamés, il serait vivement recommandé de nous arrêter de bouffer tout ce qui bouge et même ce qui ne bouge pas, comme ma sœur après une cuite au génépi quand elle a collé au canapé dont elle a pris la couleur jaunâtre et qui joue à un deux trois soleil sans bouger les paupières, mais surtout d'éviter de vivre à douze dans un 10 M2 de béton au fin fond de la Chine en dévorant un petit pangolin innocent encore cru, pour ensuite éternuer à sa fenêtre et s'étonner que deux semaines plus tard, on se retrouve avec des millions de morts dans le monde et que je doive mettre un masque alors que j'habite cours Lafayette à LYON, France , merdeuh !

Petit deux : le covid19 et sa diffusion !

Eh bien contrairement à l'alcool qui a au moins la dignité de nous faire mourir à petit feu avec une organisation sociale et des bienfaits temporaires évidents pour le moral, ce convid-là, il débarque à n'importe quelle heure et pas comme l'ami ricoré qui « arrive toujours au bon moment avec ses pains et ses croissants », il n'est pas l'ami du petit déjeuner !

Sans entretien d'embauche ni invitation, comme WEINSTEIN, il attrape n'importe qui, mis à part les nains, les gosses quoi (ça, personnellement, je continue de croire que ma théorie personnelle sur le covid sera validée un prochain jour par notre chère GRETA : dame nature a fait un bilan à 2020 années de la Terre, et elle a trouvé que globalement les adultes sont très cons et qu'il est temps que les gamins prennent le pouvoir, je vous dis pas le bordel si ça arrive vraiment un jour, repas sucré tout le temps, plus jamais de bain et la planète sera sauvée !!).

Je disais que ce covid19 tout neuf, il nous tombe sur la trogne, sans tri sélectif contrairement au rigoureux Adolf, sans préparation ni euphytose contrairement à mon psy, jour ou nuit, il s'en fout ! On dirait qu'il est pote avec la gastro entérite tellement il envoie du lourd en quelques minutes : il est là, et paf ! Votre vie bascule, un peu comme ma grand-mère quand elle se levait toute seule de sa chaise pour aller voir Michel Drucker à la télé en oubliant sa canne.

Pour autant que cela nous déplaise, le covid est entré dans des vies et des corps sans accord, sauf celui – tacite – des stupides ignares septiques comme les fosses qui depuis des mois, malgré les affiches AVEC images pour être sûr, la télé, internet et même BFM TV, se trémoussent quand même collé serrés, se font des bises et nous disent « bas les masques » ou encore « les gestes barrières, c'est pour ma grand-mère ! », continuant de diffuser largement cette grosse daube autant que leur bêtise crasse criminelle, pour finir début septembre, du haut de leur vingt-cinq piges, avec un gros tube dans la gorge au lieu d'une jolie paille en bambou pour siroter leur vodkaraideboules et partir à AD PATRES alors qu'ils préféraient PALMA de MAJORQUES !

A ceux-là j'aurais envie de leur dire : « t'as les glandes t'as les boules, t'aurais dû mettre ta cagoule », c'était le chapitre écrit pour la génération Y, Z ou Q au choix.

Bon, en termes d'efficacité et de comptage de point pour le climat, je suis contrainte de lui donner 5 points, même si ça me pique !

Mon étude toute personnelle s'achève donc, et les calculs sont vite faits : égalité !

Sur le podium de nos préférences, nous mettrons, malgré tout, les plaisirs et joies de l'alcool, même si son issue après un certain nombre de jours d'utilisation reste un inconvénient indéniable.

Pourtant, je dois reconnaitre que le covidé tient bien sa place au niveau du ménage planétaire terrestre qu'il est en train de faire en préparant subrepticement l'arrivée de la nouvelle ère des animaux, et si j'écoute la dame du 3ème qui préfère son chien aux humains, peut-être pourra-t 'elle connaître l'extinction de la race humaine dont elle rêve, pour laisser la place dans vos salles de cinémas à leur réouverture à « La planète des pangolins » !

Tout ceci n'est pas une publicité pour l'alcool, juste une étude totalement partiale et pour rire, qui a le mérite de poser les vrais problématiques, car les QUINQUA ne font plus semblant, elles déchirent tout ! En attendant l'ephad, et pour éviter des procès couteux avec l'ordre des médecins, je précise ce qui suit dès à présent : sortez couvertes, des pieds à la tête, du visage même à la plage, et n'oubliez jamais, tout ceci est bien de l'humour, ne plongez pas dans l'alcool tous les jours !

(Ceci n'est PAS un message officiel du gouvernement, ça se saurait !)

Merci pour tout, et à bientôt !

Cette fois, c'est officiel, vous avez fini mon bouquin, vous avez gagné vos galons de quinquagéniale : vous avez la QUINQUATTITUDE !

Comme d'ailleurs vos femmes et vos hommes qui sont toujours là malgré toutes ces aventures ! Nous sommes toutes des Indiananas Jones !

Mesdames, grâce à mon module de rirothérapie, j'espère de tout cœur que vous avez pris une bonne dose de recul sur les ennuis de la vie des cinquantenaires, et que vous fermerez ce livre un plus légères qu'avant du ciboulot, des neurones et du cœur, de l'utérus et de la charge mentale !

Messieurs, mesdames, maris et femmes de votre quinquagéniale préférée, n'oubliez jamais que vos douces, vos wonder woman assurent et qu'avoir 50 ans et en rire, c'est déjà être géniale ! Alors prenez soin d'elles !

Et les plus jeunes, amusez-vous, roulez-vous dans le bonheur et jetez-vous-en derrière les oreilles, vous ferez partie du club un jour, au moins, maintenant, vous avez eu un bref aperçu des potentiels à développer d'ici-là !

Je vous retrouverai un de ces prochains jours pour la suite de nos aventures pour en rire, parce que la vie ne s'arrêtera jamais de m'offrir de quoi nous fendre la poire en deux, alors je continuerai à vous envoyer mes histoires, sur scène, sur papier ou sur tablette, c'est promis.

Merci d'avoir partagé ces histoires avec moi, et sachez-le une bonne fois pour toute :

Ma plus belle histoire d'humour, c'est vous !

Les bonus vidéo !

Voilà, pour finir en beauté, vous pouvez aussi « surfer » sur YouTube pour me voir en « live » soit en tapant « **sessile with a smile** » sur YOU TUBE, soit en tapant ce lien dans votre moteur de recherche :
https://www.youtube.com/channel/UCMcBFwXdncTL5NOdX MSk-1w

Vous reconnaîtrez certains passages de mon livre sous forme de sketches :

- *NOEL en famille*
- *Les pouffes pouffent*
- *La prof de bac pro*
- *L'avenir sera gay*
- *Les mémés méchantes*
- *Eloge funèbre*
- *St Valentin ovairebookée*
- *Une forme OLYMPIQUE*

A bientôt !

Le sommaire

PREAMBULE

LIVRE I : Une famille pour rire

- ○ Au commencement était...noël !
- ○ A la fin, il y avait les mémé...méchantes !
- ○ Et au milieu, il y avait...les gosses !
- ○ Synthèse, analyse et quoi encore ?

LIVRE II : Divorcée, délivrée, je fais du bonnet C

- ○ Préambule
- ○ La mariée était en écru, elle va quitter son élu !
- ○ La chanson des divorcées : Saint JO !
- ○ Les poufs pouffent !

**LIVRE III : Avant le télétravail,
on allait au boulot !**

- ○ Au temps des dinosaures !
- ○ Mon premier job : des vacances !
- ○ Un job en béton armé !
- ○ La prof de bac pro !
- ○ Le bureau, c'est un zoo !
- ○ Conclusion : il y a une vie après le travail !

**LIVRE IV : Guerre et paix,
c'est l'amour**

- ○ La guerre :
  -Toutes ovairebookées !
  - Moi Jane, toi, Bonobo ?

- ○ La paix : la chanson de la paix !

**LIVRE V : Et la femme créa...
la Quinquattidude !**

- Préambule
- Une forme O-LYM-PIQUE !
- Eloge funèbre inattendu !
- L'avenir sera gay !
- Elles ont morflé, les SPICE GIRLS !
- Les chiens de la ménopause
- La technologie est notre amie
- Je ne m'énerve pas, je fais ma crise de la cinquantaine !
- Hydro alcoolique, moi ?
- Merci et à bientôt !

LES BONUS